하늘에서
바라본 세상

하늘에서 바라본 세상

초판 1쇄 인쇄 | 2022년 9월 23일
초판 1쇄 발행 | 2022년 9월 30일

지은이 | 이상훈
펴낸이 | 박영욱
펴낸곳 | 깊은나무

경영지원 | 서정희
편　집 | 고은경·조진주
마케팅 | 최석진
디자인 | 민영선·임진형
SNS마케팅 | 박현빈·박가빈

주　소 | 서울시 마포구 월드컵로 14길 62 북오션빌딩
이메일 | bookocean@naver.com
네이버포스트 | post.naver.com/bookocean
페이스북 | facebook.com/bookocean.book
인스타그램 | instagram.com/bookocean777
전　화 | 편집문의: 02-325-9172　　영업문의: 02-322-6709
팩　스 | 02-3143-3964

출판신고번호 | 제2013-000006호

ISBN 979-11-91979-20-6 (03810)

여행과
삶의 경험을 통한
인생 에세이

하늘에서 바라본 세상

✈ 이상훈 지음

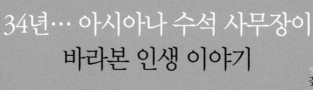

34년… 아시아나 수석 사무장이
바라본 인생 이야기

깊은나무

나는 승무원이다. 대학을 졸업하기도 전에 취직에 성공하여 입사한 지 어느새 34년이 지났다. 이제는 남의 일만 같던 정년퇴직을 하고 그동안 계획하고, 상상하고, 미루어 두었던 많은 일에 파묻혀 오히려 더 바쁜 시간을 보내고 있다.

1988년 아시아나항공이 생기던 해 창단 멤버로 입사하여 어언 34년, 화살촉처럼 빠르게 시간이 흘렀다. 공교롭게도 올해 2022년은 내 반평생 이상을 몸담았던 아시아나항공이 공정위로부터 대한항공과의 합병에 승인을 한 해로서 나의 낯익은 유니폼과 때 묻은 항공기들이 주인을 바꾸는 슬픈 해가 될지도 모른다. 아직 절차적 단계가 남아 있지만 백 년 영속 기업으로 남기를 간절히 바라는 마음이다.

입사 당시 날렵하게 쭉 뻗은 몸으로, 단정하고 밝은 옷을 걸치고 집을 나서면 주변의 시선이 느껴질 정도로 외모에 자신 있었다. 여행 자유화가 아니었던 그 시절, 소위 캐리어 카트라고 하는 검은 가죽가방에 바퀴를 달고 비행 근무를 위해서 콘크리트 바닥에 돌돌 소리를 내며 길을 걸으면 부러움과 호기심의 눈길이 쏟아지는 것을 느낀 지가 벌써 까마득한 옛날이다. 마치 『죄와 벌』에서 주인공이 잠에서 깨어 깜짝

놀란 것처럼 눈 깜짝할 사이에 미소년은 간데없고 거울 앞에 서면 검은 머리 옆으로 하얀 머리카락들이 귀 뒤를 돌아가는 모습에 서글프기까지 하다. 주름은 또 웬 말인가. 내 맘은 그때나 지금이나 늘 아침이면 두근거리고 거리를 걸을 때는 호기심에 가득 차 좌우를 둘러보고 오가는 사람들의 표정, 옷차림, 장사치의 떠들어 대는 말들, 새로운 것에 대한 광고판에 온통 시선이 돌아다닌다. 아직도 정열만은 그대로이다. 아니, 더 할지도 모른다.

내 나이 인생 50세 지천명(知天命)을 넘어 60세에 이르러 이순(耳順), 먼 옛날 중국의 공자님이 하신 말씀이다. 『논어(論語)』의 「위정편(爲政篇)」에 나오는 말로 하늘의 뜻을 이해하게 되는 나이라 하셨다.

30세 而立(이립), 40세 不惑(불혹), 50세 知天命(지천명), 그리고 60세 耳順(이순)으로 귀가 열림으로 남의 말을 듣고 쉽게 무슨 말인지 알게 되는 나이다.

올해 정년퇴임을 한 내 나이 육십을 넘어서 드디어 환갑이다. 과연 내 나이에 세상을 이렇게 살고도 변변히 사람 구실을 하면서 살아온 건지, 긴 한숨과 함께 되돌아본다. 남에게 어떻게 비치더라도 나 스스

로 묻고 스스로 자신 있게 대답할 수 있어야 한다.

수년간 이 책의 소재를 준비하며 많은 사람과 긴 얘기를 나누었다. 과연 내가 하고자 하는 또는 내가 쓰고자 하는 글들이 다른 사람들에게 어떤 반응으로 나타나고 이익이 될지, 혼돈을 만드는 것은 아닌지 또는 괜한 분란과 오해를 사서 자승자박하게 되는 건 아닐까 혼란스러웠다. 그러나 내 인생의 이정표가 늘 그렇듯 동일한 상황에서 혜안을 찾기 어려울 때는 처칠처럼 일단 부딪치고 저질러 보고 결과에 따라서 지혜를 구하는 것이 옳은 길이라고 생각했기에 과감히 키보드 앞에 앉았다.

스스로 돌아보기에 너무 부족하고 미흡하지만, 지식의 짧음은 교묘히 세 치 혀를 내둘러서 남들에게 마치 그렇지 않은 양 피해 갈 수 있다면 다행스러운 일이지만 실체가 나약하여 인정할 수밖에 없음은 분명히 자인하고 가는 바이다.

이제 직장 생활도 벌써 34년, 이미 5년 전 퇴직했어야 함에도 시대가 좋아지고 평균수명이 길어지다 보니 임금피크제도라는 것이 생겨 급여를 차감하면서라도 5년을 더 다닐 수 있었으니 그 또한 결코 후회스럽지 않다. 돌아보면 단 하루도 후회하지 않았고, 비행기를 타는 승무원이란 직업에 충실할 수 있었으며, 아무런 사고 없이 지금까지 지낼 수 있었던 것에 감사한다.

이러한 삶을 영위할 수 있도록 기회를 주신 금호아시아나 그룹 박성용, 박정구, 박삼구 회장님과 현재 정성권 대표이사님 및 임직원들에

게 먼저 심심한 경의를 표한다.
또한 내 생에 있어서 가장 소중
한 영향을 끼치게 한 나의 사랑
하는 부모님과 아들, 딸, 그리고
가까운 가족들에게 죽는 그 순간
까지 단 한 번도 감사의 말을 놓
을 수 없다. 어려울 때마다, 고비
가 있을 때마다, 즐거울 때, 슬플
때 늘 함께 해주었던 영원한 고교 동창, 대학 동창, 대학원 원우, 태권
도 소속 회원들에게도 비록 초라한 지면이지만 감사의 마음을 전하고
자 한다. 형제처럼 여행도 하며 서로의 고민을 흉금 없이 터놓을 수 있
고 때로는 친구 같고, 때로는 친형제 같은, 사랑하는 미래푸드 대표 기
현 아우에게도 감사의 말을 전한다.

이 글이 살아서 숨을 쉬기까지는 부단히 많은 시련과 검증 그리고
시간을 필요로 하겠지만, 결코 굴하지 않고 욕심내지 않으며 내 그릇
이상의 커다란 영욕을 부리지도 않을 것이다. 다만 내가 살아가는 한평
생 꼭 이루고 싶었던 신문 기고, 방송 출연에 이어 마지막 단추인 책 출
간이라는 과업을 이루어 보고자 한다.

살아오면서 난 그리 많은 책을 읽지 않았다. 게으름도 있을 것이지만
나름대로 고집을 부려 책보다는 경험이 우선이라는 생각에 아직도 확

신을 버리지 않는다. 그런 부족한 지식과 불필요한 이기심으로 많은 생각에 오류가 있었을 것을 인정한다. 그러나 이 책을 읽는 대부분의 독자들은 저마다 독특한 삶의 방식으로 살아가면서 스스로 경험하고 판단하고 정리한 자기만의 주관으로 내가 그들을 받아들이기보다 그들이 나를 받아들이는 것이 훨씬 수월할 것이라 믿어 의심치 않는다. 이것은 겸손이라기보다는 남보다 스스로를 잘 아는 부분에 있어서의 확신이다.

이 책에서는 기존의 일상생활에서 흔히 일어나거나, 대화의 소재이거나, 응당 받아들여지는 사회통념적인 문제들을 거꾸로 뒤집어 보며 그런 일도 가능하리라 생각한 내용이 많다. 대부분의 내용은 확인되지 않은 순수한 작가의 상상력에 뿌리를 둔다. 다만 그 진위 여부에 대해선 개인적으로 강한 확신을 가지고 있지만, 법적 분쟁을 피하기 위해 주장하지는 않겠지만 독자들께서 나름의 상상력과 정보력을 동원하여 살과 뼈를 더하여 후속작이 나올 수 있도록 아낌없는 격려와 지원을 희망한다.

강의가 되었든 책이 되었든 서두가 길면 피곤하기 마련인데 나 역시 잡다한 말로 장황하고 난립한 글로 채워가며 피로하게 한 것은 아닌가 싶다. 이 책이 세상에 나오기까지 내 삶에 있어서 보였든, 들리게 하였든, 느끼게 한 모든 주변인에게 다시 감사를 느끼고 전하며 이 책을 시작하고자 한다.

이상훈

8

| 아시아나 창립 초기 회의실에서

| 해외 호텔 체류 시 헬스클럽 요가 룸에서 태권도 수련 중

contents

2장. 인간에 대한 예의

3장. 해외여행 천만 명 시대, 슬기로운 쇼핑의 기술

4장. 건강이 있어야 금수강산 유람도 가능하다

5장. 문화에도 학습이 필요하다

6장. 신비한 자연의 섭리

7장. 다원화된 사회는 열린 시각으로 바라보자

1장

국가의 품격

위대한 지식은 책이 아닌
여행과 경험에서 나온다

　옛말에 남아수독오거서(男兒須讀五車書)라는 말이 있다. 남자로 태어나 다섯 수레 분량 정도의 책을 읽어야 하고, 그래야 지식을 가지고 남을 대하는 데 이치에 맞는 행동과 덕을 베풀 수 있다는 뜻이다. 책은 누군가의 경험을 기록하여 다른 사람으로 하여금 같은 행위를 함에 있어서 잘못 판단하는 어리석음을 줄이기 위하여 시행착오를 거치지 않도록 예방해 주는 훌륭한 가르침이다.

　인간의 모든 성공과 존경의 가치는 타산지석으로 삼는 책을 얼마만큼 읽었는가에 대한 기준으로 모든 시험과 등급을 정함으로써 그에 합당한 대우나 보수로 이에 보답한다. 공부만 잘한다고 난사람이 아니며, 디 높은 대우를 받는 것은 잘못된 판단기준이라고 우길 사람도 많을 것이다. 이 또한 백번 맞는 말이다. 그러나 그런 논리라면 인간

세상의 절대 기준을 세울 수 없고, 또 다른 부분적 논리로 전체를 뒤엎어 뒤죽박죽 질서를 무너뜨리게 된다. 가장 많은 사람이 인정할 수 있고 보편적 다수가 절대 인정할 수 있는 기준이 가장 합당한 기준으로 인정되고 있다.

그런데 과연 지식은 많은 책을 읽음으로써 획득되고 발전해 갈 수 있는 것인가? 필자는 가끔 친한 친구들과 저녁 식사 자리에서 특별한 이슈나 주제로 논쟁하곤 한다. 한번은 지식에 대한 논쟁을 한 적이 있다. 대다수가 인정하듯 가장 위대한 사람은 가장 많은 책을 통해 얻은 지식을 가진 사람이라는 것이다. 여기서부터 필자는 그들과 부딪쳤다. 항공사에 근무하며 여러 나라를 떠돌아다니며 보고, 듣고, 느끼고, 정리된 생각은 읽어서 아는 것보다 낫다. 직접 보고 경험하고 곱씹어 그 이유를 생각해보고, 그렇게 행하려고 노력하는 것이 더 중요하며 더 가치 있는 지식이라는 생각이다.

고대 그리스 시대부터 이러한 논쟁은 시작되었고, 지구가 멸망하는 날까지도 결론이 나지 않을 이야기다. 플라톤은 이상적인 관념의 세계를 중시했고, 제자인 아리스토텔레스는 경험을 바탕으로 한 논리를 내세워 서로 충돌하기도 하지만 결국 질러갈지 돌아갈지 목적지는 같은 것이 아닌가 생각된다.

필자는 친구들에게 물었다. 조선 시대 가장 위대한 지식인은 누구인가? 19세기 미국 역사에서 가장 위대한 지식인은 누구인가? 혹은 세계 최고 중 하나인 영국 옥스퍼드 대학의 최고 석좌교수는 누구인가? 메이지 시대의 최고 지식인은? 중국 최고 전성기인 당나라나 청나라의 가장 훌륭한 학자는 누구인가? 이 모든 질문에 명쾌하게 대답하는 친구는 없었으며 누구에게 물어도 자신 있게 대답하는 것을 보지 못했다. 가장 위대한 학자들임에도 불구하고 누구도 전부 기억하지 못한다.

필자는 다시 물었다. 인류 역사에서 가장 위대한 성인 5명을 제시해 보라고. 이에 대한 대답은 조금의 차이는 있을 테지만, 고등교육을 받은 사람이라면 대부분 예수, 석가, 공자, 마호메트, 소크라테스 정도는 금방 대답한다. 때로 플라톤, 소크라테스, 달라이라마 등의 편차가 있겠지만 일단 첫 5인에 대한 거부감은 없을 것이다. 그렇다면 이들 성인의 공통점은 무엇일까? 가장 위대한 지식을 가진 성인의 반열에 있는 사람들이고 실존했던 사람들이라는 공통점이 있다. 인간이 아닌 신이라고 우기는 사람이 있기는 하지만 인간에서 승화되었으므로 그 실체는 신 이전에 인간이었음은 논리적으로 거부할 수 없다. 그들의 공통점은 어느 곳에서도 책을 많이 읽었다거나 훌륭한 수업을 받았다거나 특별한 스승으로부터 가르침을 받았다거나 하는 연관된 자료적 논리가 부족하다. 또한 그 이전의 원인을 찾는다는 것조차 다소 거북하다.

이들의 또 다른 공통점은 평생 집을 나와 방랑했다는 것이다. 예수는 열두 제자를 이끌고 여러 곳을 다니며 복음을 전하였고, 집에서 악처에게 쫓겨난 소크라테스는 시장에서 사람들과 논쟁하거나 산파술로 그들을 깨우치는 일에 주력하였다. 공자 역시 후에 맹자를 비롯한 많은 이들에게 영향을 끼친 데는 여행이 필수 행동이었다. 왕가의 자녀로 온갖 부귀를 마다하고 일찌감치 출가하여 길을 헤맨 석가모니나 뜨거운 사막을 헤매며 우연히 찾아든 알라를 통해 성인의 반열에 오른 마호메트 역시 여행이라는 공통점을 피해가진 못한다.

여행과 경험은 인간에게 있어서 본능적으로 가장 중요하게 여겨지는 것들이다. 예를 들어 친한 친구들 여러 명이 만나 차 한잔하며 이런저런 수다를 떨다가 친구가 책에서 읽은 인상 깊었던 이야기를 한다면 잠깐은 집중하겠지만 이내 피로감을 느끼며 말꼬리를 자르게 될 것 같다. 왜냐하면 그것은 타인의 생각으로 나와 무관한 단지 그 책을 쓴 작가의 주장일 뿐이라고 생각할 수 있기 때문이다. 모든 사람에게 적용되는 공통점과 필연성을 갖기에는 다소 설득력이 부족한 것이다. 반면 한 친구가 "이곳 모임에 오는 길에 내가 직접 목격한 일인데 말할까 말까? 아주 깜짝 놀랄 일이…"라고 하며 말을 흐린다면 그 친구는 아마 나머지 친구들에게 바가지로 욕을 듣거나 삿대질을 당하거나 집에 가기 전까지 거짓말이라도 지어내 그들에게 말해주어야 본능을 잠재울 수 있을 것이다.

그렇다면 왜 이런 반응이 나오는 것일까? 그것은 경험이라는 것이 녹아 있기 때문이다. 거짓말을 자주 하는 친구가 아니라면 불신의 벽이 없으므로 경청하게 되고, 이미 그 상황을 그리며 자기도 모르게 녹아들게 된다. '내가 본 것이다. 내가 당한 것이다. 나에게 닥쳤던 일이다'라는 말은 전적으로 신뢰하게 되어 특별한 논리적 전개나 미사여구가 포함되지 않아도 상대에게 받아들여진다. 그래서 경험은 가장 소중한 대화의 시작이고, 지식의 원천이 된다.

모든 지식은 경험을 위주로 글로 옮기게 되고, 그 글을 읽는 독자는 경험을 상상하며 수용하는 것이다. 소설처럼 일어나지도 않은 일에 대한 글조차 유사한 경험을 바탕으로 상상하며 받아들이게 된다. 따라서 자녀교육에서도 가장 훌륭한 교육은 많은 책을 읽게 하기보다 경험하고 느끼게 하여 스스로 생각의 틀을 움직여 행동에 적용할 수 있을 때 최고의 효과를 얻을 수 있다고 생각한다.

여행은 많은 틀을 깨는 중요한 사고의 도구다. 자신이 머무는 곳에서 한정된 사람들과 교류하며 관계 형성을 제한하는 사람은 창의적으로 사고하거나 다양한 해법을 찾기가 쉽지 않다. 지금 한창 화두가 되는 글로벌 감각이나 글로벌 회사는 이런 좁은 틀을 깨고 세상으로 나가는 최고의 지름길이다.

다시 발견한 대한민국 예찬

한국은 세계에서 가장 역동적인 국가다. 우리나라 기준 남녀 평균수명은 약 80세 초반이라고 한다. 머지않아 곧 100세 시대라는 말이 실현될 것이다. 그것은 절대빈곤에서 벗어나 영양공급이 풍부하고, 의학기술의 발달로 조기에 병을 발견할 수 있을 뿐만 아니라 사고 시 골든타임을 지킬 수 있는 구조 의학의 발달이 커다란 일조를 한 덕분이다.

이러한 나라에 사는 우리는 선택받은 행복한 국민이라고 할 수 있다. 34년간 많은 나라를 돌아다녀 보았지만, 우리나라처럼 살기 좋은 나라는 없는 것 같다. 선진국들의 편의적인 조사 방식이나 조사 기관에 의해 순위는 낮게 집계되지만 필자는 결코 동의할 수 없다.

아침에 일어나 아파트 내 공원에 운동하러 가면 늘 새벽같이 펫 캐리어에 애견을 태워 나오는 주민들이 많이 보인다. 하나같이 예쁘게

단장한 듯 깜찍한 모습이다. 약 20년 전 필자가 벨기에의 브뤼셀에 머물렀을 때다. 시차로 인해 잠 못 들다 아침 일찍 호텔을 나와 인근 지역을 걷노라면 애견을 데리고 산책 나오는 노인들을 자주 볼 수 있었다. 마치 천국의 이미지가 연상되듯 부러운 모습이있는데 어느새 우리나라에서도 그런 모습을 흔히 볼 수 있게 되었다. 다만 다른 점이 있다면 개인 주택이 많은 그들이 우람한 견종들을 데리고 나왔던 반면 우리나라는 아파트형 견종이라고 할까, 모두 작고 복슬복슬한 애견이다. 항상 비닐봉지를 가지고 다니며 배변을 수거하고, 심지어 물티슈로 뒤처리까지 해주는 견주들의 모습에 애틋한 사랑이 느껴지는 나라다. 참 아름다운 나라다. 여러 가지 팩트체크를 통해 우리나라가 가장 살기 좋은 나라인 이유를 열거해 보기로 한다.

평균수명을 따질 수 있는 가용시간 자산

임금도 명목임금과 실질임금이 따로 구분되어 있듯 수명도 절대 수명과 활동 수명이 다르다. 절대 수명은 기계적인 시계에 의한 총 수명 연한을 따지는 것이고, 활동 수명은 철학적 관점에서 의식이 없는 공백기를 뺀 의식 총량의 시간이다. 예를 들어 하루 15시간 수면하는 잠꾸러기의 경우 유효의식 시간은 9시간이며, 수험생의 경우 하루 5시간밖에 잠을 자지 않는다면 유효의식 시간은 하루 19시간으로 계산해야 한다.

동일한 조건으로 10년, 20년을 지낸다면 잠꾸러기보다 수험생의 인생을 더 길게 보아야 한다. 그런 측면에서 보면 유럽이나 미국 대도시에서 해가 지고 나면 거리를 돌아다니거나 밤늦게 술자리에서 친구들과 시간을 보내는 경우는 극히 드물다.

　그러나 우리나라의 경우 일반적으로 6시 퇴근, 7시 저녁 약속 후 9시 2차 맥줏집, 10시 3차 노래방, 야식 등으로 12시 신데렐라처럼 막차를 타거나 대리운전으로 귀가하는 건 흔한 일이다. 하루에도 몇 개의 약속이 가능한 나라다. 따라서 유효의식 시간과 하루 중의 가용시간으로 미루어 볼 때 우리 국민은 다른 선진국들과 비교해도 100세까지 산다는 논리에 부족함이 없다.

안전과 치안

　필자가 알기로 세계에서 가장 안전한 나라는 대한민국이 아닐까 싶다. 우스갯소리로 젊은 여자가 술에 취해 길에 앉아 있어도 해치지 않을 나라가 바로 우리나라다. 절대적이라고는 할 수 없지만 어느 나라와 비교해도 주객에 대한 관대한 안전을 보장하는 듯하다. 어디에도 CCTV가 있고, 빼곡히 주차된 차량에는 블랙박스가 달려있어 경찰의 의지나 주민들의 협조가 있다면 어떤 범인이라도 쉽게 찾아낼 수 있는 시스템이다.

　유럽을 여행해 본 사람이라면 경험했을 테지만 커피숍이나 공공장소에서 자신의 물건에 눈을 떼는 행위는 오히려 위로는커녕 지탄을 받을 수 있으며, 경찰서에 신고해도 적극적이지 않고 돌려받을 확률은 극히 드물다. 필자도 스페인 마드리드를 혼자 여행하고 돌아오는 전철에서 버젓이 주머니 속을 뒤져 여권을 훔치려는 소매치기 일당을 맞닥뜨린 적이 있다. 주변에 앉아 있는 사람 모두가 그 상황을 보았음에도 불구하고 누구 하나 도와주는 사람이 없어 당황스러웠다. 미국

| 스페인 마드리드의 주말 시장(내용과 관계없음)

에서는 차를 빌려 보이는 곳에 귀중품 등을 놓아두는 것은 물건의 값
보다 오히려 차의 손상을 걱정해야 한다.

　그러니 이런 살기 좋은 나라에서 인권침해라는 말은 극히 만연된
자유 속에서의 푸념으로밖에 들리지 않는다. 대한민국 경찰의 범죄
해결률은 세계 제일이라 자신 있게 말하고 싶다. 공권력 행사도 경찰
의 폭력이나 총기 사용이 극히 제한되어 시민권의 보장은 지나치다
싶을 만큼 확보되어 있다. 외국인이 위급한 상황에서 도움을 청할 때,
지나치다 싶을 만큼 친절하게 치안 서비스를 제공하는 우리나라 경찰
은 손바닥이 아플 정도로 박수를 받아도 모자라다. 안전의 보장은 매
슬로의 욕구 5단계 이론에서 생리적 욕구 다음으로 가장 우선시되는
기본욕구다.

변화에 가장 빠르게 적응하는 IT와 스피드 문화

우리나라는 정말 빠르다. 너무 빨라 시공을 초월하는 느낌마저 든다. 친구들끼리 만나 생소한 시내의 다른 곳이나 지역을 가더라도 혀를 내두를 정도로 변해 있는 다이내믹한 한국을 느낀 적이 한두 번이 아니다. 심지어 외국에 오래 있다 들어온 가족마저도 이곳이 과거 자신이 방문했던 곳이 맞는가 하는 의구심을 표현하기도 한다.

택시는 콜만 하면 5분이 채 넘기도 전에 필자의 바로 앞에 예약이라는 LED를 반짝이며 도착하고, 망중한을 즐기기 위한 지방의 휴양소역시 인터넷으로 예약되어 도착 즉시 카드키만 수령하고 서명으로 간단히 절차를 마친다. 건물의 주차장은 자동 개폐 장치가 마련되어 카드 한 장으로 드나들며, 공유자전거나 킥보드는 거리 곳곳에서 급한이동을 도와준다.

이 아름답고 역동적인 대한민국에 사는 여러분은 축복받은 기쁨을누려도 좋다. 물론 일부 소외계층은 경제적 빈곤을 겪고 있지만 이 역시 많은 정부 지원과 정책 등으로 차츰 개선될 것이라 믿어 의심치 않는다.

다양한 먹거리가 준비된 나라

우리나라 주부들의 오후 3시 고민거리인 저녁 메뉴는 취식 가능 여부가 아닌 선택의 고민이다. 시장을 돌면서 그 많은 종류의 재료들은도대체 어디에서 나오고, 어떻게 그 많은 재료를 손질하여 먹는 법을알게 되었는지 늘 궁금했다.

"인생 뭐 있나? 그냥 매일 맛있게 먹는 거지"라고 너스레를 떠는 친구를 만나는 일은 일상의 흔한 모습이다. 도로를 달리는 차들 사이로 아슬아슬 달려가는 오토바이에 배달통을 싣고 질주하는 모습도 외국과는 다르다. 배달음식에는 셀 수 없이 많은 종류가 있고, 핸드폰이나 PC로 주문만 하면 미리 만들어 놓은 듯 샤워가 끝나기도 전에 도착한다. 얼마 전 연안에서 배낚시를 즐기며 음식을 주문하자 빠른 배로 실어 배달해주는 장면을 TV에서 보았다. 믿기 어려운 장면이었다. 우리나라 음식은 가히 세계 최고의 스피드와 맛을 자랑한다. 외국인 친구가 이 모습을 본다면 혀를 내두를 일이다. 이런 스피드와 시스템은 우리나라가 세계 최고 국가라 자부할 수 있는 또 다른 자랑거리인 셈이다.

| 우리나라 재래시장에서 판매되고 있는 다양한 반찬들

물과 커피, 화장실 사용이 무료

유럽이나 미국을 여행해 본 사람들은 당황하며 꼭 경험했을 것이지만 유럽은 어디를 가더라도 화장실이 유료다. 미국은 아예 화장실을 제공하지 않는 경우도 많다. 유럽은 심지어 음료 한 잔 값과 화장실 이용료가 같은 경우도 있다. 우리 상식으로는 말도 안 되는 문화라고 푸념을 늘어놓겠지만 이것이 현실이고 그들의 문화다.

미국의 경우 어지간한 대형마트가 아니면 화장실 이용이 극히 제한된다. 주유소나 소형 마트에서조차 화장실 사용을 허용하지 않는 경우가 많아 낭패당하는 경우가 종종 있다. 우리나라는 어지간한 거리의 건물에 들어가면 대부분 화장실을 무료로 이용할 수 있다. 화장지가 비치되어 있기도 하고 심지어 겨울이면 뜨거운 물로 손을 씻을 수 있는 곳도 많다. 최근에는 번호키 잠금이 된 곳들이 증가하고 있지만 건물 상가 내 문의 시 번호를 알려준다.

필자는 겨울에 유럽이나 미국의 일반 건물 화장실에서 뜨거운 물로 손을 씻어 본 기억이 거의 없다. 동남아시아의 경우도 마찬가지다. 화장실 사용은 대부분 유료이며, 열악한 시설로 위생을 민감하게 따지는 여성은 숙소에 가기 전까지 화장실을 사용하지 않는다. 하지만 우리나라는 어떠한가? 거의 모든 음식점은 식전에 물 한 통을 가져다주거나 자율로 마실 수 있고, 식후엔 자판기에서 달콤한 후식 커피를 즐길 수 있다. 독자 중 어느 나라든지 여행을 가서 물과 커피를 무료로 준 곳이 있었는지 돌아보시라.

대리운전 시스템

우리나라가 IMF를 겪으며 전후 최대의 위기를 겪은 지 불과 20여 년이 넘었다. 100만, 200만 실업 시대를 운운하는 기사와 방송으로, 나락으로 떨어지기 일보 직전인 대한민국의 앞날에 대해 온 국민이 애타던 때가 있었다. 나행히 금 모으기 운동 등으로 일치단결하여 슬기롭고 단합된 노력으로 위기를 극복했다. 필자는 이때 궂은 비 뒤에 버섯처럼 피어난 대리운전이라는 신종 직업이 실직한 가장들을 블랙홀처럼 빨아들이며 생계를 이어갈 수 있게 해준 일등 공신이라고 생각한다. 그런 탄생의 배경은 차치하고 지금은 풍요로운 밤 문화를 맘껏 즐기고 귀가하는 시민들이 전화 한 통이면 어디서나 혜성처럼 나타나는 대리운전 기사 덕분에 마음 놓고 하루의 스트레스를 술과 함께 날려버리며 집으로 안전하게 돌아갈 수 있다.

물론 미국, 유럽, 일본 등도 유사한 형식의 대리운전이 있다. 그러나 택시 기사 2명이 협조해야 하거나 엄청 비싼 요금을 지불해야만 가능한 일이다. 그런 문화는 도시국가의 구조에서 발달했다. 마치 허브 투 허브로 연결되는 물류 시스템처럼 먹자골목 위주로 형성된 주거단지의 배열로 한 곳에서 다른 곳으로 이동하더라도 대리기사는 또 다른 일감을 얻어 복귀할 수 있기 때문에 가능한 일이다. 대한민국이 아파트나 중소 규모 상업지구 단위와 잘 연계된 탓에 가능했던 일이다.

또한 24시간 사우나라는 독특한 형태는 저렴한 비용으로 심야의 피로를 달래며 따뜻하게 몸을 녹일 수 있는 시스템이다. 개운하게 샤워를 한 뒤 영화를 즐기기도 하고, 심지어 코를 고는 사람만 따로 분리된 코골이 방이 준비되어 있다는 사실을 외국인들은 알고 있을까? CNN의 특별한 소개 코너에 알려질 일이라 생각된다.

개인주택이 띄엄띄엄 있는 미국이나 북유럽의 구조에서는 상상조차 불가능한 시스템이다. 재미있는 사실은 이런 대리운전 시스템도 꾸준히 진화하여 작은 원반 같은 디스크형 전동휠을 타고 전화 받기가 무섭게 몇 킬로 이내는 당당히 선 모습으로 이동하는 것이다. 이런 기사님들을 보면 박수와 격려를 보내고 싶다. 다만 항상 사고의 위험이 있으니 조심하길 당부하고 싶다. 외국인의 시선으로 보면 미래의 국가 구조를 보는 느낌이 아닐까. IMF 때는 실직자들의 탈출구였다면 코로나 시대에는 배달 아르바이트가 그나마 젊은 청년들을 일부라도 구제해주는 느낌이다.

필자는 당당히 말할 수 있다. 대한민국은 세상 어느 나라와 비교해도 가장 살기 좋은 나라임에 틀림없다.

세계 최고의 의학기술

| 키오스크

우리나라의 병원 시스템과 복지혜택은 가히 세계 최고임을 자부한다. 어지간한 병으로 병원을 찾는 경우 불과 5천 원 내외의 진료 비용에 외국인들은 혀를 내두른다. OECD 국가라고 믿어지지 않을 정도다. 편의성은 또 어떤가? 대학병원은 온라인 예약과 전화 예약이 가능하고 진료 시 다음 진료 일정을 미리 잡아준다. 결제는 키오스크가 설치되어 있어 주민번호만 입력하면 자동으로 계산되고 계

산과 동시에 주차등록이 되어 따로 결제하지 않아도 된다.

의료기술은 또 어떤가. 학벌이나 나이를 떠나 많은 환자를 진료했거나 수술을 집도한 경험 많은 의사가 최고의 의사가 될 자격을 갖는다. 인턴과정에서부터 야간당직 등 고된 수련 과정을 거치기는 하지만 그러면서 자신도 모르게 수많은 사례와 경험의 축적으로 최고의 의사가 되어가는 것이다.

필자는 미국에서 자동차를 빌려 샌프란시스코의 금문교를 건너던 중 상대방의 급작스러운 U턴으로 추돌사고를 당한 적이 있다. 911에 신속하게 신고되어 출동한 소방관에 의해서 병원으로 이송되었고, 약 30분간 대기한 후 5분간의 의사 면담을 마치고 600달러(약 70만 원)를 지불했다. 그리고 원하지 않았음에도 불구하고 응급차로 병원까지 갔기 때문에 응급차 비용으로 약 15분 거리를 300달러(약 35만 원) 정도 냈던 기억이 난다. 다행히 차후 보험처리로 결제가 되긴 했다. 의료보험이 없는 외국인으로 외국에서 사고를 당한 경우 엄청난 금액에 놀라게 된다. 이것이 해외여행 시 반드시 보험에 들어야 하는 이유이며 차를 빌릴 때는 꼭 전액 보장보험(Full Insurance)을 들어야 한다.

IT시스템

우리나라는 세계 어느 나라보다도 와이파이가 잘 되어 있고 속도가 빠르며 보급률과 이용률 또한 높다. 해외여행을 다녀본 사람은 느끼겠지만 우리나라는 거의 모든 영업소에서 자동 접속 또는 비번을 손쉽게 구하여 와이파이 접속이 가능하다. 거리 곳곳에 있는 편의점에서는 단돈 1,000원이라도 전자결제가 가능하다. 미국은 일정액 이하는 카드결제를 거부하기도 하고, 50달러(약 6만 원) 이상이면 현금결제를 거부하기도 한다. 일본 역시 세계 최초로 신용카드와 결제 시스템을 만들었음에도 정작 외국인의 카드나 소액 등은 결제를 거부하기도 한다.

식당이나 패스트푸드점, 커피숍 등 젊은 사람들이 주로 이용하는 상점은 키오스크가 설치되어 손쉽게 주문하고 결제할 수 있다. 편의성이라는 편리함 뒤에는 인건비를 줄이려는 업주의 필사적인 노력이 있다는 점이 결국 청년실업의 폐해로 나타나기도 하지만 이는 진보성향의 이전 정부가 소득 하위나 청년들의 최저임금 보장이라는 명분으로 급격히 상승시킨 인건비로 인해 자연적으로 발생하고 진화한 사회현상이다.

최저임금이 올라 인건비가 상승하자 자영업 상가들은 온통 키오스크(kiosk)로 결제 시스템을 바꾸었다. 교통수단이 카드를 넘어 NFT로 바뀐 것은 이미 오래전 일이고, 세계 최고의 광속 와이파이(wifi)가 사용되고 골프장에서조차 캐디 없이 골프채를 실은 카트가 골퍼들을 따라다니기도 한다. 비가 오는 날이나 한여름 땡볕, 한겨울 추위를 피하기 위해 실내로 들어가 스크린 골프를 치며, 음주가 아닌 스포츠를 즐기는 모습은 세계 어느 곳에서도 필자가 목격하지 못한 장면이다. 최근 동남아시아에 속한 나라들이 한국인들이 많이 찾는 곳에 스크린 골프를 일부 선보이고 있지만, 수시로 업그레이드되는 최첨단 시스템은 감히 비교 불가능하다. 최첨단 기기로 과거 21세기를 이끌어 갈 듯했던 일본인들마저 한국의 실내골프를 부러워하는 듯하다.

기업의 활동이 고용 창출로 이어지는 순효과와 노동자와 저소득층의 최저 생계보장이라는 또 다른 순효과의 차원에서 공과는 필자가 따지기 어렵다. 분명한 것은 편의성에서는 단연 A 학점을 주고 싶다는 것이다.

우리나라는 핸드폰 또는 지하철역에서도 정부24 사이트에 접속해 원하는 행정서류를 쉽게 발급할 수 있다. 행정관서에 찾아가 줄을 서고 시간을 소모하는 비율은 미국, 일본, 중국에 비해 현저히 빠르다. 일본만 해도 아직 도장 문화가 남아 있어 행정 처리를 하는 데 몇 시간씩 소요되는 것은 기본이다. 유럽의 경우 종종 인터넷 시스템이 다운되어 호텔 등에서 업무처리가 중단되는 경우를 여러 번 겪은 적이 있다.

우리라는 공동체 문화

세계 여러 나라 중 일인칭 자신을 지칭할 때 '우리'라는 말을 쓰는 나라는 대한민국을 제외하고 들어 본 적이 없는 것 같다. 내 집보다는 우리 집, 내 엄마가 아닌 우리 엄마, '우리는 이런 거 좋아하지'라는 말은 우리에게 흔하고 거부감 없는 표현이다. 개인 중심이 아닌 우리라는 사회집단에 중심을 둔다. 그러다 보니 주변에서 일어나는 일들을 남의 일로만 여기지 않는다. 개인 중심의 사회로 옮겨가는 현상이 빠르게 진행되기는 하지만 아직은 우리라는 문화가 사회 전체에 녹아 있어 서로 돕고 함께 해결하려는 성향이 짙다.

좁은 국토의 빼곡한 교실에서 오랜 시간을 함께 보낸 친구들 덕분에 한국은 혈연, 지연뿐만 아니라 학연, 동호회같이 우리가 될 수 있는 조건이 즐비하다. 4빈 거치면 대통령까지 연결이 안 되는 사람이 없을 정도다. 이런 조건들이 우리라는 표현에 자연스러움을 더하는 것 같다. 카페 등에 노트북을 두고 화장실을 가더라도 누군가 대신 지켜주고 있다는 믿음이 강하게 느껴진다.

이런 공동체적 성향과 문화인프라는 우리가 중국, 일본, 러시아 등 강대국에 둘러싸여 살면서도 국가를 지켜오며 전쟁 후 가장 빠른 회복과 번영으로 세계에서 가장 빠른 경제성장을 이루어 낸 모범적인 나라가 되도록 해주었을 것이다.

03

대한민국 관광자원의 명암

관광산업은 모든 산업 중에서 가장 신성한 산업이라 할 수 있다. 글로벌하게는 무공해의 산업으로 지구오염의 실마리를 제공하지 않으니 손뼉을 쳐줄 일이다. 수입 면에서는 별도의 투자나 리스크가 약하므로 투자 대비 수익으로 볼 때 이만한 비즈니스가 없다. 그래서 어느 나라든 국내 관광산업을 더욱 발전시키려고 혈안이다.

북한과 같은 사회주의 국가들이 관광산업의 이익보다 그 과정에서 발생할 수 있는 문화 쓰나미와 우발적 충돌 등을 걱정하는 데 반해, 대부분의 국가적 관광산업은 관광 수입과 부대 효과로 인해 정말 꿩 먹고 알 먹는 야무진 산업일 수밖에 없다.

우리나라 주변부터 둘러보자. 일본은 지역적인 고립과 서방 국가로부터의 지정학적 불리에도 불구하고 최첨단 시설과 관광객 편의를 위한 체계적인 관리로 관광수요를 늘리고 있다. 중국은 개방한 지 불과 몇십 년 되지 않았지만 규모의 경제로 얻는 이득과 오랫동안 숨겨 온 신비감 때문에 관광수지 흑자를 내고 있다. 태국은 다양한 음식과 다소 의도적인 유흥산업의 묵인으로 서방 국가 및 주변 국가들로부터 많은 관광객을 유치하고 있다. 최근에는 베트남과 캄보디아 등이 문을 활짝 열면서 급속한 성장을 보이며 관광산업의 효과를 누리고 있다.

전통적인 강국 유럽은 약탈한 문화재나 건축물로 오랫동안 굴뚝 없는 공장의 수익을 올리고 있다. 미국은 선도 국가로서 우월적 지위를 이용한 학문, 시장경제, 세미나, 인허가 등 다양한 좌판을 깔고 개발도상국이 선택의 여지없이 꼭 둘러볼 수 있도록 하여 고도의 관광수지를 획득한다.

우리나라는 어떠한가? 관광산업은 가지고 있는 유산 그 자체보다

| 벨기에 브뤼셀의 유명한 오줌싸개 동상

스토리텔링의 의도가 더 중요하다. 벨기에의 브뤼셀에는 오줌싸개 동상이라는 유명한 관광명소가 있다. 이 동상을 찾는 것은 정말 고된 일이다. 그랑플라스(직사각형의 커다란 광장)로 향하는 좁다란 상점과 주점들로 늘어선 골목길을 물어물어 조심히 따라가야만 겨우 한 구석에서 앙증맞게 오줌을 싸고 있는 인형만 한 동상을 볼 수 있다. 이것이 바로 그 유명한 오줌싸개 동상이다. 이 골목은 너무 좁아서 여러 사람이 함께 배경을 놓고 사진을 찍기도 힘들 만큼 열악하다. 그러나 그 스토리는 몹시 유명하고 잘 짜인 시나리오 같다. 이 동상에 담긴 구구한 스토리를 알게 되면 꼭 찾아서 기념사진 한 장은 남기는 게 기본이다.

어떤 나라든 보여주고 싶고 간직하고 싶은 역사적·문화적 유산들이 있다. 영국의 스톤헨지, 페루의 잉카 유적지, 멕시코의 마야 문명지, 캄보디아의 앙코르와트, 태국의 왓 프라깨우(에메랄드 사원), 중국의 만리장성, 베트남의 후에, 독일의 쾰른 대성당, 터키의 아야 소피아, 프랑스의 베르사유 궁전 등 모든 나라에는 저마다 특별한 자랑거리와 함께 자부심이 깃든 문화 자원들이 있다. 그리고 모두가 하나같이 이런 자원들을 신비스럽고 불가사의한 것으로 여긴다. 실로 '세계 7대 불가사의'라고 하는 영국의 스톤헨지는 망망한 초원 위에 거석이 몇 개 세워져 있는데 누가, 왜, 언제 이런 모양으로 가져다 놓았는지가 의문이다.

그런 거라면 전라북도 고창의 수많은 고인돌도 누가, 왜, 언제 그런 모양으로 가져다 놓았는지 모르지만, 세계 7대 불가사의에 들어가야 하지 않을까? 금강산 일만 이천 봉도 자연의 풍화작용 등으로 그렇게 만들어진 것이 아닐까 하는 의문을 제기하고 재발견함으로써 불가사

| '세계 7대 불가사의' 중 하나인 영국의 스톤헨지

| 캄보디아 시엠립의 앙코르와트 사원

| 수백 년 고목 속에 은밀히 숨겨져 있는 신비의 불상

의가 될 수 있는 것이다.

어린 시절 한 번쯤은 불러 보았을 〈로렐라이 언덕〉의 로렐라이 언덕은 독일 뤼데스하임의 라인강변에 있다. 필자 역시 바다를 항해하는 사공들을 홀려 유명해진 이 동상을 찾아갔는데, 정말 사람 크기보다 조금 큰 동상 하나가 덜렁 강변에 쓸쓸히 서 있었다. 현지인이나 관광객도 이 동상을 찾는 게 어려웠는지, 혹은 별 볼 일 없다고 들어서인지는 몰라도 보기에 쓸쓸한 모양새였지만 우리 팀원들은 꼭 가보아야 한다는 강박관념에 이곳을 들러 일상적인 사진 찍기에 바빴던 기억이 있다. 그리고 캄보디아 앙코르와트를 구석구석 돌다보면 가이드가 신비한 것을 알려 주겠노라고 우쭐대며 손목을 끄는 경우가 다반사다.

돌담 골목골목을 돌아 커다란 나무뿌리가 움켜쥐고 있는 돌조각들 사이에 작은 부처상 하나가 보인다. 어찌 보면 일부러 만들어 심어 놓은 것 같기도 하고, 자연적으로 그런 모양이 된 것도 같다. 여하튼 가이드의 말은 부처가 몰래 숨어있는 모양으로 불심이 숨겨져 있는 곳이기에 부처가 이곳을 굽어살피고 계신단다. 그러면서 지그시 눈을 감고 손을 합장한 채 잠시 기도와 명상을 수행한다.

우리나라는 관광자원이 드문 편이다. 5천 년의 역사가 있지만 수많은 침략과 약탈로 관광객들에게 보여줄 것이 별로 없다. 그러나 앞서 말한 대로 얼마든지 스토리텔링을 통해 관광산업을 일으킬 수 있다. 가끔 관광산업의 현주소 운운하면서 방송에서는 어지러운 도로의 간판을 정비해야 한다고 지적한다. 하지만 그런 어지러운 간판은 오히려 외국인들에게 생소하고 흥미 있는 볼거리, 사진 촬영 배경이 될 수

| 홍콩의 화려한 간판들

도 있다. 단정하게 정리된 일본 도시의 간판은 때로는 삭막한 도시의 단면을 보는 듯해 소름 끼칠 때가 많고, 어지럽게 널린 홍콩의 간판은 늘 신기하고 싫증 나지 않아 사진 속 배경이 되곤 한다.

서울은 세계에서 가장 큰 도시 중 하나다. 뉴욕, 런던, 도쿄, 파리 정도를 제외하고는 이만큼 큰 도시가 없다. 그런 도시에 볼거리란 것은 별로 중요해 보이지 않는다. 관광은 그 목적상 크게 두 가지로 나뉜다.

첫 번째는 난생처음 외국을 가보는 사람들에 한한다. 처음 외국을 가는 사람들은 특별한 곳에서, 특별한 음식과 문화를 체험하며 반드시 사진을 찍어 남기고자 한다. 이런 곳을 관광지라고 부른다.

두 번째는 '열심히 일한 당신, 떠나라!'라는 말처럼 삶에 지치고 피로한 일상에서 탈피하고자 자신이 있는 곳을 떠나 새로운 삶의 재충전 시간과 명상 또는 자숙의 시간을 갖고자 떠나는 여행이다. 이런 곳을 휴양지라고 부른다.

해변이든 도시든 산속이든 광야든 그저 자신이 있던 곳에서 일상의 단조로움을 탈피하여 막연히 무언가를 응시하거나, 거리를 쉴 새 없이 오고 가는 낯선 사람들의 표정 속에서 힘들고 지쳤던 자신의 오만 가지 자화상을 발견한다. 또한 평소에 먹어보지 못한 낯선 음식과 낯선 차에 과감히 도전장을 내밀며 백작처럼 우아하고 부인처럼 단아하게, 또 귀족처럼 기품 있게, 때론 농민처럼 소탈한 모습으로, 묘한 미소와 단정 지을 수 없는 고매함으로 무장하여 한 자리를 오랫동안 지키는 여행가들이다.

이것은 나이 들어서도 아니고 부지런하지 못해서도 아닌 개인의 성향과 취향에서 비롯된다. 눈으로 보고 본전을 뽑아야 한다는 사람과 대비하여 편안한 몸과 마음을 유지했으니 이것이 눈을 통한 욕심을 채우는 것보다 낫다고 하는 사람들이다. 지구 반대편의 파리나 런던까지 가서 고단함에도 아랑곳하지 않고 여행하였던 기억과 샹젤리제 거리의 노천카페에서 먹던 파스타나 바게트 또는 영국 트래펄가 광장의 돌계단에 앉아 사랑하는 사람과 샌드위치와 탄산음료를 먹은 기억은 어느 게 더 가치 있다고 말하기 어렵다. 비행기 비용을 생각하면 이런 곳에서 시간을 보내는 것이 아깝다고 생각할 수도 있으나 때때로 이런 여유 있는 휴식 공간들이 평생의 기억으로 더 오랫동안 자리하는 경우가 많다.

필자의 생각으로는 서울의 도시 규모를 이용한 인프라나 역동성, 편의성, 안전성, 다양성 등을 총체적으로 고려했을 때 이만한 관광자원은 흔치 않다는 결론이다. 그리하여 가깝게는 지정학적 이점을 통한 일본과 중국의 관광객을, 또 한류를 이용한 동남아시아 국가들을, 더 나아가서는 미국과 유럽을 통한 남미까지 관광의 손을 내밀어야 한다. 외국인들이 이용하기에 편리하게 만들어 놓았음에도 불구하고 이용하기 어려운 점이 몇 가지 있다.

첫째, 언어소통 문제다. 대중의 언어 수준은 영어를 중심으로 상당히 높아졌지만, 상인들의 영어 능력은 관광을 부추기기에는 턱없이 열악한 실정이다. 택시, 주요 상권, 공공시설, 편의시설, 위락시설, 관광시설, 역사관 등에는 필수 의사소통 능력 배양 정책이 뒷받침되어야 하고 관광 안내 책자를 비치하거나 IT 강국의 위력을 발휘하여 통역 앱의 사용으로 의사소통이 가능하도록 지원해야 한다.

둘째, 외환시장의 확대다. 어느 나라든 관광이 활성화된 나라들은 시내 곳곳에 환전소가 마련되어 있다. 환전을 못 한 경우 어느 정도는 상인들이 고객에게 다소 불리한 환율일지라도 달러를 받는 문화가 있다. 그러나 우리나라는 사대문 안을 제외하고는 달러, 엔, 위안화 접수 등이 거의 불가하다. 그러니 정해진 은행 시간에만 외화 환전이 가능하고 이마저도 호텔에 머물러야 가능하다. 외국인이 특별한 안내 없이 은행을 찾고 환전해서 이 돈으로 관광을 한다는 것은 사실상 불가능하다. 그리고 단체여행은 가능하지만, 개인 여행의 경우 렌트, 도로 표지판 등이 수월해야 하는데 렌트, 리스, 주행은 거의 불가능에 가깝다. 개인 여행은 지하철로 서울 시내 정도 여행하는 것 외에는 어려운 게 우리의 현주소다.

관광 활성화를 위해 우리나라의 모든 공고 표지 또는 안내 문구에 영어, 중국어, 일어가 필수적으로 병행 표기되어야 한다. 중국어 한자는 대륙권과 홍콩, 대만 등을 포함할 수 있다. 또 일본 역시 한자 표기에는 혼선이 있을 수 있으나 대부분 이해가 가능하다. 이렇게 하여 개인 여행이 가능하여지도록 해야 한다. 은행은 반드시 한자 표기가 되어야 하고 편의점은 적어도 달러, 엔, 위안화 정도는 당일의 환율 기준으로 또는 약간의 수수료를 더해 환전이 가능하도록 해야 한다. 이들의 유통망은 중앙 물류지에서 조절할 수 있는 것처럼 거두어진 외환도 중앙 물류지에서 처리될 수 있기 때문이다.

서울 외에도 열차나 렌터카를 이용하여 지방 유명지도 갈 수 있어야 한다. 지방 행정기관은 외국인 지원에도 팔을 걷어붙여야 한다. 당장 수요에 커다란 증가가 있지 않을 것이기 때문에 업무 과중도 없다.

셋째, INFO 기능이 만들어져야 한다. 흔히 미국은 'I'를 찾으면 여행할 수 있고, 북유럽은 'VVV'를 찾으면 여행할 수 있다고 한다. 미국이나 유럽은 낯선 관광객들을 위한 정책적 지원으로 안내데스크를 잘 활용하고 있다. 이곳에서는 관광객들의 궁금증과 정보들을 쉽게 주고받기도 하고 체계적인 안내로 여행객들의 불안감을 불식시킨다. 필자는 시내버스 매표를 운영하는 모든 부스가 관광 안내 역할을 해야 한다고 생각한다. 현재는 생계형 지원자나 장애인 등에게 우선 지원되는 것으로 알고 있다. 새로운 정책 도입이 기존의 질서를 흔들거나 상대적 불이익을 가져온다면 이는 잘못된 것이지만 기능적으로 보면 어학을 전공한 젊은이들이 아르바이트를 겸하여 부스에서의 관광 상품 판매와 더불어 어학 능력을 이용한 안내데스크 기능을 담당해 주어야 한다는 생각이다. 기존의 장애인과 생활보호대상자는 별도의 지원책이나 대안이 마련되어야 함을 물론이다.

넷째, 안전 기능 작용이다. 우리나라처럼 CCTV가 발달한 나라는 없을 것이다. 또 우리처럼 안전한 나라도 없다. 이를 이용해 안전한 여행을 보장할 수 있다는 시그널을 보여줄 수 있다면 관광객은 물밀듯 모여들게 될 것이다.

다섯째, 숙박업소의 문제해결이다. 숙박업소는 언제나 공급이 수요를 초과할 수 없고, 초과해서도 안 된다. 가끔 올림픽이나 아시안게임 또는 국제행사 같은 이벤트가 열릴 때마다 언론은 국내 숙박시설의 부족으로 외국인의 발길을 돌리게 해 외화획득의 기회를 놓친다고 보도한다. 그러나 어느 나라를 가더라도 시설의 공급이 입국하는 인원의 수요를 초과하지는 않는다.

회사와 같은 조직 역시 잉여의 인원을 두고 호황기를 기다리는 데는 없다. 항상 부족한 듯 가는 것이 맞다. 세계박람회가 자주 열리는 프랑크푸르트나 대대적 세일기간에 북적이는 파리, 규모 확장에 만성적 어려움을 겪는 맨해튼, 살인적 물가로 유명한 도쿄 등도 시설을 늘리기란 정말 쉽지 않다. 특별한 기간에는 엄두도 못 낼 만큼 높은 가격을 제시해도 숙소를 구하지 못해 발을 동동 구르는 관광객들은 늘 있게 마련이다. 우리나라 역시 호텔시설을 무작정 공급하기보다는 전·월세 아파트, 공실 오피스텔 등을 이용한 범용적 사이트를 통해 한시적으로 이용할 수 있도록 한다면 병목현상이 발생한 시점의 어려움을 해소할 수 있을 것이다.

물론 보증금 등을 통한 안전과 손실의 기회를 사전에 잘 막아야 함은 재론의 여지가 없다. 가장 중요한 것은 안전 확보, 시민의식, 접근 편이성, 선택의 다양성, 사회적 공감, 구매의 신뢰 등이다.

그런 면에서 보면 필자의 경험상 안전은 세계 최고 수준을 유지하고 있고, 시민의식 측면에서 외국인에게 종교적 대립이나 인종의 편견 등이 거의 없는 우리나라는 가장 여행하기 좋은 나라임이 틀림없다. 접근의 편의성 면에서는 사회 교통이나 IT를 중심으로 세계 최고라고 할 만하나 여전히 이용하는 방법에 있어서는 미흡한 점이 있다. 선택의 다양성에선 오랜 발효음식과 염장법의 발달 등으로 다양한 먹거리를 제공한다. 한국의 가정주부들은 오후 서너 시쯤이면 모두 공통의 고민이 시작된다. 오늘은 무엇을 먹을까? 이런 행복한 고민은 전 세계 몇 나라밖에 누리지 못하는 다양한 선택지에서 오는 즐거운 비명이다.

관광에 대한 국민적 합의는 이미 충분하고 외국인이 자주 찾는 동대문, 남대문 시장과 일부 택시를 제외하면 대부분 마트를 포함한 매장에는 가격이 표시되어 있어 비교적 다른 나라들에 비해 안심하고 구매할 수 있는 제도가 마련되어 있다.

어느 신문기사에 실렸던 내용이다. 외국인이 찾기 어려운 한국! 한국에 도착하여 인천에서 시내까지 오는 모범택시에서 10만 원 이상을 지불했다. 시내 호텔에서 하루 40만 원의 거금을 내고 겨우 하루를 보낸다. 아침 커피를 7천 원에 마시고 식사는 스파게티 1만 5천 원, 점심 식사는 한정식 집 1만 5천 원, 오후 커피 7천 원, 저녁 불고기 2만 원, 택시 호텔 귀소 2만 원. 하루 밥 먹고 차 타고 커피 마시는 것만 45만 원 이상을 쓴다는 얘기다. 이래서 외국인들이 한국에 오기 어렵다고 한다.

그러나 필자가 외국인 친구들에게 소개할 때는 공항에서 서울 외곽 전철역 부근 하루 숙박 4만 원, 아침 7천 원, 커피 무료 또는 1천 5백 원, 점심 7천 원, 오후 커피 무료 또는 1천 5백 원, 저녁 삼겹살에 소주 한 병 1만 5천 원으로 하루 6~7만 원이면 충분하다. 이 비용도 아깝다면 숙박은 찜질방에서…. 불과 3~4만 원에 하루 세 끼 식사와 커피를 마시며 여행을 즐길 수 있다고 소개한다.

비교 사례가 극단적일 수 있지만 분명한 것은 세계 어느 나라도 우리나라 찜질방 같은 저렴한 조건으로 깨끗한 숙박을 책임지는 나라는 없다는 것이다. 또 식사 후 커피를 무료로 제공하는 나라도 없으며, 식사하며 추가로 반찬을 달라고 할 때 일종의 아라카르트(À la carte, 프랑스 용어로 요리마다 가격을 책정해 놓고 선택 주문할 수 있도록 한 메뉴 차림표)인 반찬을 무료로 즐길 수 있는 나라도 없다. 지하철은 언제나 쾌적하며, 겨울은 따스하고 여름엔 썰렁한 정도로 시원하다. 거리 구석구석도 누군가 노상 방뇨로 더럽힌 자국도 없다. 유럽은 화장실에 갈 때마다 돈을 내야 하고, 미국은 화장실 자체를 이용하지 못하게 하는 경우가 대부분이다. 동남아 역시 화장실 사용 요금을 받거나 화장실이 다소 지저분해 이용하는 데 주저하게 된다. 그러나 우리나라는 대부분의 건물이나 공공기관 화장실을 사용하는 게 자유롭다. 더욱이 시설은 깨끗하다. 이런 장점은 여자 관광객을 유치할 수 있는 최강의 전략적 무기다. 이런 아름다운 나라, 풍요로운 나라, 인심 좋은 나라에 관광객을 유치하지 못할 이유가 어디에 있으랴? 우리나라를 다시 한 번 되돌아보자.

04

미래의 길을 찾는
청춘들에게

    2022년 오늘도 갓 대학을 졸업한 젊은이들 또는 고등학교 졸업을 목전에 둔 젊은 친구들이 취업을 목표로 신문이나 인터넷 이곳저곳을 들여다본다. 취업 관문 1/100시대, 아무리 좋은 스펙을 가졌어도 취업의 문은 바늘구멍이다. 고학력은 고학력이라서 선입견을 갖고, 저학력은 저학력이라는 이유로 취업 문턱에서 고배를 마시곤 한다. 취업하고자 하는 학생들의 수준은 과거와 비교하면 현저히 향상되었다. 대학 졸업을 한 취업 준비생은 적어도 한 번쯤 또는 한 학기나 한 학년쯤 외국 유학이나 단기 어학연수 등을 다녀온 사람이 대부분이다. 필자의 입사 시절만 해도 이런 경력을 갖추면 특채로 입사하는 등 당연히 취업이 보장되곤 했다.

    필자는 대기업에서 34년간 근무해 오면서 과연 내가 이 회사의 주인이라면 회사의 성장과 이익의 극대화를 위해서 반드시 필요한 사람이 어떤 사람일지 수도 없이 생각해 보았다. 대부분의 취업 준비생들은 영어와 수학으로 무장하고 높은 학점과 학력을 자랑하고 있다. 그러나 회사에서 일하면 영어와 수학 실력이 회사의 이익에 기여하는 바는 극히 미미하다. 정작 영어가 꼭 필요한 상황에서 이전에 시행착오를 거치면서 어설프게 익힌 회화나 완벽하지 못한 영작 실력으로 외국 회사와 거래하거나 계약을 추진하기에는 리스크가 너무 크다.

외국에서 자라며 완벽히 외국인화 된 내국인이나 외국인으로서 한국어를 공부한 사람을 고용하여 그들이 1:1 수준의 거래를 하도록 지원하는 것이 오히려 더 현실적이다. 고용주의 입장에서는 영어를 잘하기보다 무슨 일을 맡겨도 해낼 수 있는 정도의 자신감, 적극성, 다양성, 포용성, 현장감, 충성심 등이 더욱 유리한 채용조건이라 할 수 있다. 실력이 다소 미흡하더라도 높은 충성심과 다양한 능력을 갖춘 사람이라면 틀에 박힌 문제 골라내기 따위에 익숙한 외골수 같은 모범생보다 활용 범위가 넓다. 수학 역시 최고의 계산시스템이 자동으로 웬만한 모든 데이터를 처리해 주기 때문에 인위적으로 입력하거나 수시로 변동을 계산해야 하는 특정 직종 이외에는 거의 쓸모가 없다. 미분, 적분에 투자한 시간이나 노력이 사회생활에서 얼마나 무가치한 시간이었는지는 현장에서 일하며 느끼게 될 것이다.

중요한 것은 우리나라가 다문화화되어 간다는 사실이다. 다문화화되는 것과 학교 성적이 무슨 관련이 있을까? 현재 우리나라는 베트남, 중국, 필리핀, 캄보디아, 우즈베키스탄 등에서 많은 외국 여성들이 유입되고 있다. 다양한 나라의 혈통이 섞이고 있는 것이다. 이미 수십 년에서 수백 년, 수천 년 전에도 혈통은 섞이고 엉켜버렸겠지만 그래도 행정이나 서류가 제대로 갖추어져 관리하기 시작한 이후 공식적으로 인정되는 혼혈은 이미 상당 시간 진척되고 있다.

자녀를 둔 한국 부모들은 미래의 경쟁력에 대해 심각하게 생각해 보아야 한다. 다문화 가정의 엄마들은 자녀에게 대부분 2개 국어를 물려주게 된다. 베트남 여성은 베트남어와 한국어, 중국 여성은 중국어와 한국어, 필리핀 여성은 영어와 한국어, 캄보디아어와 한국어, 러시아어와 한국어 등등…. 그들은 학교에 다니며 자연스럽게 영어를 배운다. 결국 3개 국어를 사용할 가능성이 농후하다. 영어를 아무리 열심히 공부해도 영어로 자녀를 가르친 필리핀 엄마를 따라가기 어렵고, 베트남어를 따라가기 어려우며, 중국어를 앞지를 수는 없을 것이다.

아마도 수년 내에 각 대학에서 웬만한 어학 계열학과는 폐지되지 않을까 생각한다. 대학에서 배우지 않아도 될 만큼 어릴 때부터 가정에서 자연스럽게 외국어를 체득하기 때문이다. 여기에 더욱 큰 위협이 있다. IMF를 겪으면서 한국은 사상 초유의 내홍을 겪었다. 1997년 그 혼란스럽던 시절 자본을 축적했던 자산가들은 한국의 미래에 희망이 없다는 결론을 내리고 자녀들의 미래를 외국에서 보내도록 중대한 결심을 했다. 당시 자본을 들고 외국으로 이민을 떠난 사람들은 실로 엄청난 규모였다. 오죽하면 한국에서의 이민이 미국 LA, 샌프란시스코, 호주, 뉴질랜드 등 살기 좋은 곳으로 향해 그 나라 부동산 가격이 뛰도록 한 원인 중 하나였겠는가.

뉴질랜드는 이민자 수가 단기 급증하여 취항하게 되었으나 1~2년이 지나 구제금융이 다소 완화되고 한국에서의 금 모으기 운동에 힘입어 IMF에서 탈피할 징후가 보이자 이민이 줄어들고 곧 운항을 취소하기까지 했다. 이때 외국에 나간 세대들은 지금 대학을 졸업하고 취업할 나이가 넘었지만 역시 백호주의 또는 유색인종에 대한 차별이 남아 있는 미국이나 여타 나라들에서는 완벽하지 못한 영어 수준을 고려하여 주로 영업 직종을 제외한 기획부 등의 고급 부서에는 배치하기가 어려웠다. 그래서 한국으로 역이민하거나 한국에서 취업하려는 교포 자녀들이 급증했다. 한국에서는 이들의 어학 능력이 준 외국인급으로 한국에서 공부한 학생보다 의사소통이 원활하므로 이들의 고용이 증대되고 이는 다시 유입의 확대로 이어져 포화상태가 됐다. 현재는 유치원 교사조차도 외국에서 공부하고 돌아온 교포 자녀이거나 유학생인 경우가 비일비재하다. 결론적으로 한국에서 영어를 공부한 사람은 경쟁력이 없다는 얘기다. 이처럼 영어로 취업까지 하려면 힘든 경쟁을 해야 한다.

첫째, 미국 등 외국에서 태어나고 자라거나 이민 간 동급 경쟁자와 비교해 능가할 자신이 있는가?

둘째, 한국의 다문화 가정에서 자란 아이들과 경쟁해서 이길 자신이 있는가?

셋째, 강남 치맛바람 부대의 고급 교육을 받은 학생들과 경쟁해 이길 자신이 있는가?

넷째, 내가 소속된 곳에서조차 최고로 앞서고 있는가?

이런 요건들을 갖출 자신이 없다면 영어에 대한 투자는 과감히 줄이는 게 현명하다. 유치원에서 대학교로 이어지는 학력 과정에서 영어에 투자하는 시간은 실로 성장기의 대부분이다. 그러나 그 활용도는 삶의 극히 일부분에서만 나타난다. 영어에 투자하는 시간만큼 다른 창작, 예술, 체육, 특기 등에 투자했다면 아마도 취업 준비할 나이에 다른 어떤 분야라도 전문가가 돼 있으리라 생각한다.

경영서에 1만 시간 혹은 2만 시간의 법칙이 있다. 조기교육부터 취업 준비까지 1만 시간은 충분히 달성할 수 있다. 영어 대신 다른 분야에 투자한다면 생계를 꾸려가는 데 전혀 지장이 없다는 1만 시간은 이미 확보된 것이나 다름없다. 대한민국의 젊은이들은 다시 생각해 봐야 한다. 자신이 외국에서 자라 한국으로 돌아온 사람이 아니라면, 자기 부모 중 한 사람이 외국인이 아니라면, 자신이 어릴 때부터 부모로부터 재정적 지원에 어려움 없이 어학 지원을 받은 사람이 아니라면, 자신이 어릴 때부터 남다른 어학적 능력이 있는 사람이 아니라면 당장 영어 때문에 자신의 잠재적 능력을 가려버리는 모순을 벗어나야 한다. 유치원이나 초등학교 때부터 자신이 좋아하는 그 어떤 분야라도 집중하고 노력한다면 그 길에 생존의 도로가 열려 있을 것이다.

한식의 세계화,
유연한 접근이 필요하다

세상에는 여러 나라가 있고, 각 나라마다 독특한 음식이 있다. 재미있는 것은 어떤 나라는 우리가 흔히 '그 나라 음식'이라 부르고, 또 어떤 나라는 '어느 나라 요리'라고 부른다. 무슨 차이가 있을까? 미국 요리, 영국 요리라고 들어본 적이 있는가? 우리나라 음식은 단순히 음식이라고 하지 않고 한국 요리라고 한다.

필자의 기준으로 음식과 요리의 차이는 작은 그릇에 담아 하나씩 주면 요리, 밥, 국과 함께 곁들여 나오면 음식이라 부르고 싶다. 접시에 담으면 요리이고, 움푹 팬 그릇에 담으면 음식이다. 별도로 돈을 내면 요리이고, 추가로 무료 보충이 가능하다면 음식이다.

독일 요리, 호주나 뉴질랜드 요리는? 필자의 극히 주관적인 생각과 느낌을 표현했을 수도 있지만, 그 나라 국민에게 야유나 지탄을 받을 수도 있을 것이다. 가까운 나라인 일본 요리나 중국요리, 태국 요리, 프랑스 요리라는 표현도 낯선 느낌인가? 사실 이는 너무나 자연스럽고 익숙한 단어다. 한국 요리는 말할 것도 없다.

그렇다면 음식과 요리의 차이는 무엇일까? 인간이 생존에 필요한 영양분을 채취 또는 도축하여 입으로 들어가기까지 특별한 중간 과정을 별로 거치지 않고 섭취하게 될 때 음식이라 한다. 그리고 동일한 원재료들을 섭취함에 있어서 위생, 안전, 편리, 구성, 조합, 배합, 숙성, 발효, 효능까지도 고려하여 변형하거나 가공하여 물리적, 화학적 변화과정을 거쳐 섭취하게 될 때 요리라고 한다. 여기에는 경제적 가치들도 포함된다.

일본 요리는 국가의 지정학적 위치와 환경적 요인으로 획득 가능한 어족이 풍부하므로 주로 해산물 위주의 재료들을 사용한다. 사시미나

| 중국 청두의 화려한 꼬치 요리 재료들

멋진 장식으로 재료의 단순함을 채우고 신선도가 부족한 것들은 튀김으로 변형하여 재료를 살리고, 부족한 가축 자원은 스테이크보다 밀가루를 덧입혀 양을 보강한 돈가스로 본래 재료의 맛을 바꾸었다.

넓디넓은 대륙을 가진 중국은 그 대륙의 크기와 다양성을 바탕으로 셀 수 없는 식재료와 문화의 융합으로 많은 음식문화가 발전하게 되었다.

"중국인들을 하늘을 나는 것 중 비행기를 빼고, 지상에 네발 달린 것 중 식탁을 빼고, 바다에 있는 것 중 깨물어 먹을 수 있는 것은 모두 식재료이며 먹을 수 있다"라는 말이 있다. 실제로 중국의 시장이나 대형 음식점을 가면 놀랄 만큼 많은 재료 중에서 진귀하거나 보기에도 끔찍한 재료들이 식재료로 사용되고 있음을 본 적이 있을 것이다.

각 나라의 고정관념으로 보면 다른 나라의 식문화가 미개하다거나 혐오스럽다고 여길 수 있겠지만, 그것은 나라마다 독특한 환경과 전통, 기후 등에 맞는 자연스러운 발달과정이었으며 정착된 식문화일 뿐 비난받을 일은 아닌 듯하다.

중국 여행 시 한 음식점에 들렀을 때의 일이다. 메뉴판을 읽고 약간의 중국어 실력으로 용기 내서 "어떤 볶음밥이 있는가?"라고 물으니 "어떤 볶음밥이 필요한가?"라고 반문했다. 원하는 대로 얼마든지 만들어주겠다는 것이다. 약 100가지의 메뉴를 살펴보니 볶음밥 종류만 해도 20여 가지가 넘었다. 예를 들어 기름과 약간의 간을 한 순수 볶음밥, 계란 볶음밥 외에도 닭고기, 돼지고기, 소고기, 야채, 숙주, 옥수수가 들어가거나 소고기 머리 고기, 간, 허파, 내장 등이 들어간 볶음밥, 부위별 닭고기 중 가슴살, 다리, 똥집, 간, 닭발 살 등이 들어간 볶음밥 등이 있다. 태국, 인도의 경우 더운 기후 환경으로 식중독 등을 예방하기 위해 주로 기름에 튀기고 볶는 요리가 많다.

한국 요리는 조금 독특하다. 서해의 작은 새우를 재료로 한 젓갈이나 이를 이용해 사계절 기후의 특성을 이겨내기 위한 김장 김치 그리고 소금 생산으로 인한 염장 음식이 많다. 지금처럼 동서남북으로 교통이 발달하지 않았던 과거에는 고립된 내륙지방에서 오래 두고 먹어야 할 음식과 재료들이 있다 보니 비교적 수확이 풍부했던 콩을 주재료로 한 된장, 간장, 고추장으로 만든 음식들이 주로 발달하게 된 것이다.

이렇게 기초재료를 그냥 섭취함으로써 위생이나 맛, 영양가에 부족함을 느낀 우리 조상들은 다양한 경험과 시행착오를 거쳐 셀 수 없이 많은 종류의 음식을 개발했고, 이러한 음식들을 소위 반찬이라 부른다. 우스꽝스러운 표현으로 테이블에 앉은 사람에게 한꺼번에 서비스하면 반찬이고, 하나씩 나누어 서비스하면 소위 '아라카르트'가 된다면 지나친 비약일까? 결론적으로 음식은 단순한 과정으로 에너지원과 영양을 섭취하기 위해 먹는 것으로 이해하고 요리는 그냥 먹을 수 없는 재료를 다양한 과정을 거쳐 맛을 내서 먹는 거라고 이해하는 게 타당하다고 생각한다.

최근 한국의 K로 시작하는 문화콘텐츠가 해외로 급속히 퍼져 나가고 있다. K-pop, K-sports, K-food 등. 그중 음식은 김치를 필두로 한국의 대표적인 맛이 글로벌 시장에 널리 진출하고 있다. 한국의 라면은 동남아 모든 마트에서 볼 수 있고, 초코파이는 러시아 마켓의 필수품이며, 고추장과 구운 김 등은 미국의 대형 코스트코 할인매장에서 쇼핑의 필수 품목으로 자리 잡고 있다.

한국과 관련한 특별한 행사에는 비빔밥이 행사의 꽃이 되곤 한다. 어느 나라 사람이든 다소 재료의 호불호가 있지만 덜어내고 섞어 넣는다면 자신만의 취향을 살려 풍미를 맛볼 수 있다. 비빔밥의 핵심은 고추장 맛이다. 물론 고추장을 넣는다고 맛있는 비빔밥이 되는 것은 아니다. 우리 음식의 특별한 용어 중 하나가 바로 '간'이다. 보통 '간을 본다' '간이 맞다'라고 하는데 영어로 표현하기에는 적절한 단어가 떠오르지 않는다. Tasting의 '맛보다'는 의미와는 조금 뉘앙스가 다르다. 오히려 'Check the best flavor(최고의 맛을 확인하다)'라는 의미가 더 적절해 보인다.

필자는 비빔밥을 음식점에서 팔기 위해 노력하기보다는 비빔밥이나 다양한 한국 요리를 집에서 만들어 먹기 쉽게 다양한 재료를 유통하고 직접 경험하게 하는 것이 중요하다고 생각한다.

최대 소비시장인 미국의 경우 일본식 레스토랑에서는 일본 스시 장인만이 맛을 낼 수 있다는 차별화된 마케팅으로 인력을 수출하여 소득을 높이고 있다. 그리고 쉽게 구할 수 있는 키코만 간장이나 와사비, 후리카케 등 일본 요리를 시도해 보려는 사람들이 구매해야 하는 기본적인 재료들을 공급하고 있다. 우리도 한국의 K-food를 널리 알리기 위해서는 간을 맞출 수 있는 한국 요리사나 조리사, 기본적인 식재료인 간장, 고추장, 된장의 판매와 더불어 다양한 음식에 적용되는 레시피가 담긴 QR코드를 통해 손쉽게 조리하도록 유도함으로써 제품의 판매를 적극적으로 높여야겠다는 생각이 든다.

인구절벽은
국가 경쟁력을 약화시킨다

우리나라는 세계에서 순위에 들 정도로 급격한 인구감소 현상이 나타나고 있다. 이는 경제적인 어려움 또는 전쟁으로 인해 외부 환경이 열악하여 본능적으로 출산을 미루던 과거와는 전혀 다른 이유에서 비롯된다. 젊은 세대들이 절대빈곤보다는 상대적 빈곤에 민감한 까닭에 경제적인 어려움을 이유로 결혼과 출산을 미루고 있는 게 현실이다.

이로 인해 국민연금은 급격히 고갈되고 향후 수십 년 후면 지금의 보유 금액이 수입, 지출이 역전되는 현상이 예견되어 경제학자들과 관련 기관의 종사자들이 우려하고 있다. 단순히 더 내고 덜 받는 공식으로 해결하고자 하는데, 단기적인 해결은 가능하지만 또 다른 계층의 반발로 인해 사회적 갈등을 야기한다. 이에 필자는 다음과 같은 해법으로 인구절벽을 해결하자고 제안한다.

조선족 동포의 인구 유입 장려 제도

대한민국의 구석구석 조선족 동포들의 발길이 멈추지 않은 곳이 없을 정도다. 가정에는 가정부, 식당에는 종사자, 병원에는 간병인, 농촌에는 수확 일손, 공장에는 현장 일손 등 이런 분들이 없다면 대한민국은 당장 마비가 되어도 이상하지 않을 것 같다. 문제는 국내에서 합법적으로 일해서 번 돈이 국내에서 재생산에 쓰이는 자금의 순환에 그 역할을 하지 않고 거주국의 낮은 물가에 의해 자국 송금이 되어 자본의 유출이 급속히 빨라지고 있다는 점이다.

따라서 이들의 노동력과 신분이 합법적으로 양산되어 국내에 체류 신분과 재외동포가 아닌, 합법적 내국인 신분이 되어 대한민국에 뿌리를 두게 된다면 인구 증가에 기여할 것이다. 또한 향후 국민연금의 기여자로, 자본의 순환 촉매로서 국내에 커다란 이익이 될 것이다. 과거 1960~1980년대 미국에 이민 간 우리 국민들은 삶의 질 향상을 누리며 가족, 친지들을 초청 이민 형식으로 불러들여 미국으로 상당히 많은 인구가 빠져나갔다. 이제는 출산에 의한 인구 증가만 기대할 것이 아니라 인위적으로 인구를 증산할 계획을 세워야 한다. 최근 테슬라의 일론 머스크 회장이 한 말 — 향후 대한민국 인구가 3세대 이후 6% 정도 감소해 위기가 올 수 있다. — 은 인구 문제가 심각한 우리 현실을 드러내고 있다.

K-culture를 통한 세계 각국의 인구 유입 유도

전 세계에 K-culture가 확산되고 있는 것은 자명한 사실이다. 반도체로 대표되는 기업경쟁력, 봉준호 감독 이외의 영화들, 스포츠 경쟁력, K-pop, K-food 등 한류의 범위와 규모, 세련미 등은 날로 확산해 가고 있다. 이런 발전의 그늘에는 늘 북한의 전쟁 위협이라는 위험이 도사리고 있어 발목을 잡는다.

베트남, 태국, 심지어 미국의 학교에서도 제2외국어로서 한국어의 인기는 가히 폭발적이다. 대한민국은 이미 단일민족이기보다는 다양한 혈통과 문화를 수용하여 발전하는 글로벌 다문화 강국으로 자리 잡고 있다. 그러므로 대한민국에 이민해 오려는 이들을 위해 대한민국 국민이 되는 길을 더 넓게 열어 주어야 한다. 아프리카, 동남아, 미주, 유럽 등 각지에서 우리나라 국민이 되고자 하는 미래 희망의 홀씨들을 받아들일 수 있는 물꼬를 만들어야 한다. 미국, 일본, 중국 진출을 위한 TOEFL, JPT, HSK 등의 외국어 시험처럼 국어 능력을 향상할 수 있는 다양한 한국어 시험을 통해 꿈의 이민 대상국으로 국가 이미지를 바꿔 나가야 할 것이다.

외국인 이민 허가를 통한 HUMINT(human intelligence) 전력 강화

최근 조선족을 비롯한 중국, 우즈베키스탄, 동남아시아, 몽골, 중동 출신의 근로자들이 지속적으로 증가하고 있다. 이들의 목적은 비교우위에 있는 임금이 주목적이지만 기회가 주어진다면 한국에 귀화하여 살고자 하는 사람들도 무척 많다.

심지어 한국에서 일하는 근로자들 중 상당히 많은 사람들이 돈을 벌어 귀국하기보다 가족을 데려와 살기 좋은 이 나라에서 정착하기를 희망한다. 일정 수준의 언어를 습득하여 시험에 통과하고, 최소 거주기간을 채우며 여러 가지 기준을 통과한다면 대한민국 국민이 되는 길을 열어 주어야 한다. 특히 청소년 때부터 일찍 이민 또는 귀화 준비를 하여 군대에 입대하여 병역을 이상 없이 마치는 경우에는 국민이 되는 길을 만들어주어야 한다. 이런 경로로 유입된 대상자들은 HUMINT 전략의 요원이 되어 점점 부족해진 병력을 보충하고 다양한 정보자산으로 정착하여 국방의 커다란 힘이 될 수 있을 것이라고 생각한다.

개별 과목 중심의 교육과정으로의 교육정책 변화

국·영·수 중심의 기존 입시제도는 잘못된 정책이었다. 자국의 언어에 대한 애착과 글로벌 시대의 외국어, 첨단기술의 초석이 되는 기초과학의 근본인 수학의 중요성은 두말할 필요가 없다. 그러나 필자 역시 학창 시절 머리 싸매고 고민했던 국어 시험문제가 사회에 나와 어떤 실질적인 도움이 되었는지 말하기 어렵다. 외국어는 영어를 중심으로 모든 학생이 대부분의 학비에 소진할 정도로 가계 부담이 크지만 정작 이렇게 투자한 영어를 활용하여 국가 경쟁력에 도움이 되고 있는지에 대한 의문이 든다.

재외국민으로 미국, 영국 등 해외에서 자라 영어를 기반으로 사용하던 한국인이 환류되어 관련업에 종사 또는 배치되는 것이 더 효율적이라는 생각이 든다. 또는 외국어에 각별한 관심이 있는 학생들이 집중하여 원어민 수준의 능력을 배양할 수 있도록 민족사관학교 같은 차별화된 학교 교육으로 외국인에 버금가는 실력을 키워 산업 전반에 배치되어 활약하도록 해야 한다.

영어에 집중하기보다는 경제 비중이 큰 중국어나 일본어 역시 영어와 비등한 수준으로 끌어올리기 위해 선택하도록 유도하고 고등학교 교육과정 역시 대학처럼 고교학점제를 실시하여 스스로 진로 및 경쟁력 강화를 준비하도록 하는 게 좋겠다는 생각이다. 현재의 교육시스템을 뒤흔드는 너무 큰 변화가 오히려 역풍이 될 수 있다는 생각에 두렵기도 하지만, 필자의 취지는 잘할 수 있는 것을 더욱 잘할 수 있도록 환경을 조성하여 전문가가 될 수 있도록 길을 만들어주어야 한다는 것이다.

투자 이민의 적극적인 유치

미국의 경우 E2 비자가 있는데, 투자 조건부 이민이다. 타국인이 미국에서 거주할 의사가 있는 경우 일정 요건을 갖추고 미국 내에서 투자 또는 사업을 함으로써 미국 경제에 도움이 된다면 조건부로 거주할 수 있도록 허락해 주는 제도다. 예를 들어 캘리포니아 샌프란시스코의 소형 마트를 매입하여 증빙 절차를 거치면 가족 모두 이곳을 기반으로 합법적인 지위로 거주할 수 있다. 자녀가 학교에 다니는 것이 인정되고, 일부 제한적이긴 하지만 자국인과 동등한 행정상의 지원이나 혜택을 받으며 살 수도 있다.

중국, 일본, 동남아시아, 중앙아시아 등 한국에 거주하길 원하는 사람들도 무척 많을 것이다. 이들 중 상당한 재력을 가지고 있어 대한민국에 살고자 하는 사람들도 무척 많을 것이다. 아프리카의 작은 나라에서도 큰 부를 축적한 사람 중 대한민국에 살기를 원하는 사람도 있을 것이다. 희망자들의 유입 경로를 적극 열어 부의 유입으로 인한 자

국 부강을 실현해야 한다. 수년 전 제주도 특례 적용으로 많은 중국인
이 합법적 지위를 취득한 것으로 알고 있다. 이로 인한 폐해도 있겠으
나 부정적 요인보다는 긍정적 요인이 더 많을 것으로 판단된다.

　이러한 이유 외에도 다양한 방법들이 있겠지만 인구감소로 인한 사
회문제가 날로 증가하는 현시점에서 자연증가와 더불어 인위적인 인
구증가를 적극적으로 고려해야 할 시점이다.

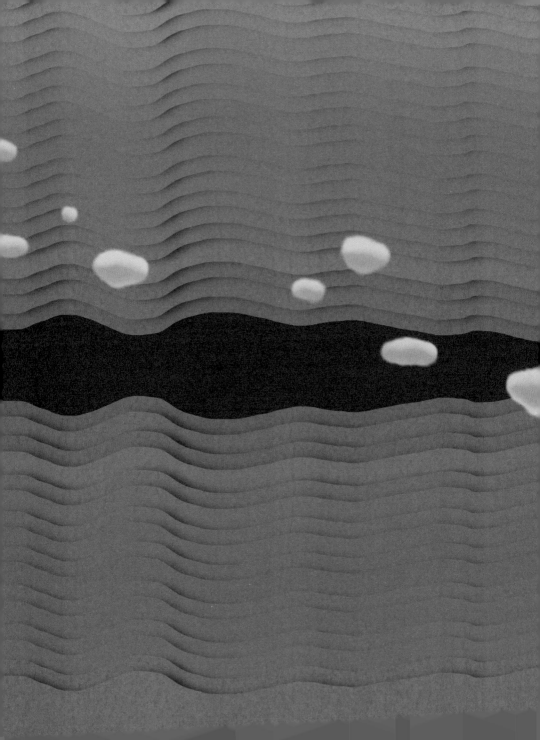

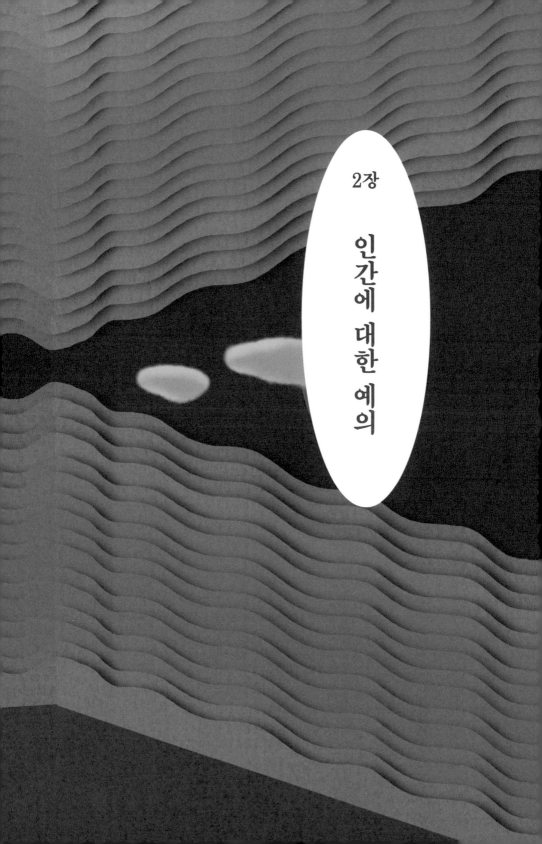

2장

인간에 대한 예의

07

이종간 교배는
우성 창조의 지름길이다

우월한 종을 유지하기 위해서는 어떤 과정을 거치게 되는 것일까? 인간은 누구나 다 2세의 미시적 진화를 기대한다. 나보다는 더 우월한 종으로 발전되기를 바란다. 예쁘고 건강한 아이를 낳아 자신보다 진화한 종을 남기고자 하는 본능이 있기 때문이다. 그렇다면 어떤 사람과 결합해야 우월한 자녀를 낳을 수 있을까? 이런 행동 역시 체계적으로 교육받거나 이론적으로 정리하진 못했더라도 본능적으로 인지할 수 있고 행동으로 옮기게 된다.

가령 키가 작아 고민했던 사람은 한결같이 자신보다 평균 이상으로 큰 배우자를 선택하여 유전자의 진화를 바란다. 허약한 사람이라면 건강한 배우자를, 비만이라면 가냘픈 배우자를, 심지어 머리털의 종류에 따라서도 직모를 원하거나 곱슬머리를 원하거나 자신의 생각으로 좀 더 나은 방향으로 가고자 한다. 필자는 의학도가 아니니 단정할 수는 없지만 아마도 남녀 간 유전자의 염기서열이 유사한 종족보다는 먼 지역의 다른 종족과 결합할 때 최상의 진화 기회가 생기지 않을까 생각한다.

우리 몸에는 셀 수 없이 많은 세포가 있고 다양한 구성으로 짜여 있다. 그러한 세포들은 자신의 세포가 아니라면 일단 적으로 간주하여 거부반응을 나타낸다. 그러나 채택 가능한 세포 간의 전쟁과 채택이 불가한 세포 전쟁이 있다면 전자는 우성형질이라는 바람직한 형태로 발전하고 후자는 거부반응이 생겨 몸이 아플 수 있다.

근래 지구촌은 교통과 인터넷의 발달로 물리적 거리가 단축되고 있다. 그래서 국제결혼이 점점 증가하는 추세이다. 과거에는 한 지역에서 고립된 생활을 오래 하다 보면 자연스럽게 근친상간이 되어 낳은 아이가 잦은 병치레를 하거나 기형인 경우가 많았다. 동물 역시 같은 우리에 갇혀 폐쇄적으로 키운 가축들은 크기가 작고 잦은 병으로 몰사하는 경우가 많다. 서로 다른 종과의 결합은 미흡한 자기 DNA를 발전시킬 수 있는 좋은 통로다. 앞서 언급한 것처럼 지나친 이종 결합은 적절한 대립으로 인한 발전보다는 불필요한 싸움으로 서로를 거부하거나 파괴할 수 있기에 적절하고 신중한 선택이 필요한 것이다.

혈통주의의
허물을 벗기다

우리는 모두 다른 이름을 가지고 살아간다. 이, 김, 박, 최, Müller, George, Peter, 竹田 등 나라마다 각각의 집안 이름이 있다. family name이다. 가문 대대로 이어온 혈통의 표식이다. 어느 나라든 자식이 잘못된 행동을 할 때 극도로 분노한 부모는 가문을 더럽히는 행위라고 하며 자녀에게 화를 낸다. 특히 이슬람의 경우 가족 구성원인 여성에게는 더욱 큰 분노와 반발심을 갖는다. 우리 옛말에도 칠거지악(七去之惡)이라는 말이 있다. 모든 죄악의 근원은 전부 여자에게만 해당한다. 남녀 차별이 있던 시대의 대표적 기록이다. 또한 삼불거(三不去), 삼종지도(三從之道)라 하여 여자들의 처신에 대한 경고성 행동 준수 관례 지침들이 있었다. 오늘날 참으로 어이없는 기준들로 논할 가치조차 없다고 하여 가르치지도, 배우지도, 인정하지도 않는 문화 흔적이다.

가문이란 대체 무엇인가? 다른 사람들과 다른 같은 혈족으로 구성되어 서로의 안전과 사랑으로 함께 험한 세상을 헤쳐가야 하는 중요한 구성원이기 때문에 서로 사랑하고 목숨을 바쳐 지켜야 할 가치를 갖는 것이다. 그런데 혹 우리는 잘못된 샤머니즘이나 토테미즘처럼 엉뚱한 대상에 공을 들이고 가치를 부여하며 살고 있지는 않은가? 마치 뻐꾸기가 남의 집에 알을 낳아 그 둥지의 알들을 밀어내 버리고 부화하여 자신의 알이라고 생각하는 어미 새에게 모이를 공급받아 성장한 후 날아가 버리는 일들이 우리에게 생기고 있지는 않은가?

우리나라는 예로부터 삼면이 바다로 둘러싸여 있고, 얕지만 조류가 강한 서해는 물살이 작은 나무배로 다니기에는 무리였다. 동해는 풍랑과 조류, 높은 파도로 인력에 의존해 건너기에는 너무 어려웠다. 병자호란 때 세계를 벌벌 떨게 한 칭기즈 칸조차 조짐이 나쁜 땅이라 하여 도해(渡海)를 포기했다. 그래서 해상무역이 발달하기에는 주변 인프라가 열악했고, 위로 연결된 북방은 늘 매서운 추위를 견뎌내는 강한 부족들이 공통으로 위치하여 전투력에서 밀릴 수밖에 없었다. 지정학적 위치로 굳이 춥고 험난한 지형에 있는 북쪽으로 가는 것이 실익이 없다고 판단하여 현재 국가에 안주하며 산 좋고 물 맑은 이 나라 땅에 머무른 것이다.

그러나 북방 민족의 입장에서 보면 늘 기후가 온화하고 사계절이 뚜렷하여 다양한 자원획득이 가능하고 사람들의 천성이 온순하여 침범하기 쉬운 대상이었을 것이다. 기록을 보면 수, 당, 명, 청나라에 이어 오늘날 중국까지 언제든 자신들의 손에 넣고 싶은 땅으로 끊임없는 침범과 도발을 일삼아 왔다. 학창 시절 수양제나 당태종이 군사를 이끌고 이 나라 강토를 피로 물들이며 침범했던 역사를 배웠을 것이다. 더 위쪽으로 가면 동이족이나 말갈족, 몽골족까지 이 나라를 침범하여 오랫동안 머무른 기록이 있다.

작금의 유럽 사태를 보면 러시아가 우크라이나를 침범하여 무자비한 살육과 방화, 강간, 절도, 파괴 등 상상할 수 없는 죄악을 저지르고 있다. 오늘날 전쟁은 지구촌 사람들에게 낯선 풍경이며 국가 간 공개적 강간이나 절도는 상상하기 힘든 끔찍한 행위다. 2차 세계대전 이후 이렇다 할 커다란 전쟁이 발발하지 않아 국제법과 국제기구가 만들어질 수 있었는데, 이 같은 법이나 통제기구가 없었던 옛날에는 어땠을까?

우리 민족은 대부분 몽고점을 가지고 태어난다. 의학적 관점에서 보면 몽골족의 유전자를 가지고 있다는 것이다. 가까운 위치에 있는 일본의 경우 중국과 몽골족의 침범이 덜 했으므로 몽고점이 없는 사람들이 많다. 반면 남쪽으로 이어진 섬에서 유입된 사람들의 경우 우리나라에 비해 우성형질의 곱슬머리가 더 많다. 이렇듯 오늘날 사실 여부를 가릴 수도 없고, 가릴 필요도 없겠지만 분명한 것은 집안마다 부르는 우리의 성(family name)은 대부분 틀릴 확률이 높다. 심지어 조선 시대 노비가 돈을 벌어 평민 신분을 사서 스스로 성을 만들기도 하였으므로 가문의 혈통 운운하는 것은 이치에 맞지 않는다. 그뿐만 아니라 모계의 성을 따르는 경우도 있으므로 혈통에 대한 의미는 상당히 궁색해 보인다.

그렇다고 이런 관습이나 가문의 사고를 수학적 계산으로 따져 완전히 부정하는 것은 옳지 않다. 가문은 그 기원의 사실 여부보다 의미와 가치를 부여하여 공통의 운명적 현실을 인정하고 보다 나은 행복한 미래를 살아가는 동반자라는 것을 인식하게 하기 때문이다.

소통을 이끌어 내는
대화의 기술

우리는 매일 대화하며 산다. 인간이 동물보다 열등하다는 객관적 사실은 명백하게 입증됐다. 동물보다 느리고, 자신보다 작은 적 또는 생물체에 위협을 느끼는 시시콜콜한 생명체, 털이 없어 추위를 스스로 못 견디며, 신발이 없어 발이 부르트기 십상이다. 인간이 동물에 대한 상대적 열등감을 피하려고 애써 사고하며 언어를 사용한다는 점을 들어 우월성을 표현하려 애쓴다. 이런 문제는 다른 파트에서 깊이 있게 다루기로 하고, 여기서는 언어의 문제만 가지고 이야기해 보기로 하자.

언어는 소통의 도구다. 물론 언어 없이도 교감이나 호의적인 태도 등으로 상대의 마음을 사로잡는 방법도 있다. 그러나 호의적인 태도에도 불구하고 언어를 잘못 사용하는 경우 애써 쌓아 놓은 호감을 일시에 다 무너뜨리게 된다. 언어는 직접적이며 즉시 효과가 나타난다. 아무리 깊고 심오한 의미를 가졌다고 해도 잘못 전달된 언어는 상대방에게 상처를 주기 쉽고 반응을 일으켜 나를 공격하게 만드는 기회가 되기도 한다. 특별한 강의를 듣거나 낯선 상대를 만나지 않는 한 일상적인 생활에서 우리가 매일 사용하는 언어는 수천수백 개의 단어나 문장으로 한정된다. 가장 가까운 예로 질풍노도의 시기인 사춘기에 접어든 사내아이 또는 여자아이를 자녀로 둔 부모의 경우 어릴 때부터 특별한 직업에 관심을 갖고 자녀들과 매일 이야기를 나누지 않았다면 자녀와의 의사소통이 언제부터인가 단절되어 있음을 느끼는 것은 그리 새로운 일이 아니다. 자녀와의 소통 문제는 아빠들의 술자리나 엄마들의 수다 자리에서 밥상의 김치처럼 어김없이 등장하는 단골 메뉴다. 보통 아빠가 퇴근하면 아들은 "다녀오셨어요?" 하고 자기 방으로 쑥 들어가 버린다. 그리고 게임이나 음악, 영화, 컴퓨터 등과 함께 시간을 보낸다. 다음은 아빠와 아들의 흔한 대화다.

아빠: 아들! 학교 갔다 왔니? 학원은 갔다 왔고?
아들: 네!
아빠: 공부 열심히 했니?
아들: 네!
아빠: 힘든 일 없고?
아들: 네!
아빠: 묻는 거 말고 아빠한테 말 좀 해 봐라, 이놈아!
아들: 없어요!
아빠: 내가 도와줄 거 없어?

아들: 됐어요!

아빠: 게임 좀 그만하고, 핸드폰 너무 들여다보지 말고, 운동도 좀 해라.

아들: 알았어요!

아빠: …!…!

아들: 아, 정말 짜증 나!

　그래도 이렇게 묻는 말에 대들지 않고 단답형으로나마 대답해 준다면 일단은 땡큐다. 심지어 버럭 화를 내며 부모에게 존댓말은 고사하고 대들면서 신경질을 내는 아이들도 많다. 이런 고민이 깊은 아빠는 흔히 직장인으로 표현된다. 직장인의 대화법도 크게 다르지 않다. 직장인의 경우 반드시 피해야 할 대화법이 있는데 다음의 대화를 살펴보자.

　이 부장: 어이, 우리 팀 직원들 수고가 많네! 오늘 부서 회식으로 삼계탕이나 먹으며 영양 보충 어때?

　김 과장: 아뇨! 부장님 삼계탕보다는 보신탕이 여름 보양엔 최고죠!

　박 대리: 에이~ 김 과장님요. 여직원들도 있는데 보신탕이 뭡니꺼! 돼지갈비에 냉면이 최고지예.

　여직원: 이렇게들 모르시네요. 방송 보니 냉면에… 그러니까 피자 파티 후 과일빙수가 최고죠.

　이 부장: 웃기고들 있네. 이 사람들아! 돈 내는 사람이 누군데, 감 놔라 배 놔라 난리들이야?

　김 과장: 부장님, 제가 며칠 전 책에서 읽었는데요. 상사는 지시가

아닌 지원군이 돼야 한다네요.

박 대리: 과장님, 그게 아니고요. 그 책은 말하는 상사보다 들어주
는 상사가 되라는 내용입니당.

여직원: 잠깐만요! 모두 제 말 좀 들어보세요. 요즘에는요. 다수가
소수를 존중하는 시대예요.

이 부장: 자자~ 여러분! 이런 걸 알아야 해요. 아랫사람이 윗사람
설득하고 종용해서 절대 자신에게 득이 되지 않는다는 것.
이게 조직의 현실이란 걸 알아 두고… 그러니까 오늘은 삼
계탕으로 결정!

이 팀의 대화를 다시 한번 살펴보자. 등장인물을 4명으로 한정해
두었지만 어느 누구도 상대방을 인정하지 않고 있다. 모두 타인의 의
견을 부정하는 화법이다. 이런 화법은 대화법의 습관일 수 있다. 필자
가 속한 부서에도 좀 똑똑한 직원이 있다. 컴퓨터나 생각 등 때에 따
라서는 나보다 나은 부분도 있는 점은 인정한다. 그런데 이 직원과 대
화하고 나면 대부분 기분이 개운치 않다. 특별히 잘못한 부분도 없다.
하지만 내가 어떤 얘기를 했을 때 자신이 옳고 내가 틀린 부분을 추론
해 나가는 과정에 있어서 내 말을 자르는 경우가 있다. 특별히 대든다
는 느낌은 없지만 왠지 내 사고나 능력이 제압당하고 내가 가진 지식
도 무용한 게 아닌가 하는 허탈감이 종종 찾아 들곤 한다.

이론적으로 그 직원의 말이 틀리지 않다는 것을 인정하면서도 나
는 내 생각대로 반대의 결론으로 구실을 만들어 결국 그의 생각을 다
시 바꾸어 놓는다. 이런 일은 조직에서 늘 발생하는 일이고 흔히 벌
어지는 대화다. 하지만 이런 대화법으로는 상대방을 설득할 수 없기

에 차라리 다음과 같은 대화법으로 부단한 자기 노력과 변화를 시도해야만 한다.

이 부장: 어이, 우리 팀 직원들 수고 많네! 오늘 부서 회식으로 삼계 탕이나 먹으며 영양 보충 어때?

김 과장: 역시! 부장님 최고입니다. 저는 보신탕 킬러인데 우왕, 슬프네….

박 대리: 열심히 일하셨으니 열량이 높은 음식인 돼지갈비에 냉면이 최고지예.

여직원: 이 따뜻한 분위기 좋네요. 전 피자 파티 후 과일빙수에 한 표입니당.

이 부장: 이거, 미안하네. 이렇게 먹고 싶은 게 많았는데 그것도 모르고 감 놔라 배 놔라 했으니!

김 과장: 부장님도 아시겠지만 칭찬은 고래도 춤추게 한다고 하잖아요?

박 대리: 과장님, 아는 것도 많으시네요. 잘 아시는 분이 추천 좀 해 주세요.

여직원: 잠깐만요! 저 한 가지 제안할게요. 오늘은 다수가 소수인 저를 위해 주시면 안 돼요?

이 부장: 자자~ 여러분, 다들 좋은 의견 내 주어서 고맙고요. 윗사람인 내가 제일 건강이 부실하니 오늘은 나를 위해서 삼계 탕으로 하면 안 될까? 다음엔 김 과장이 우선권 있어!

결국 그 팀의 회식 메뉴는 삼계탕으로 결정되기 쉽다. 같은 결론을 만들어내는 데 있어서 한 팀은 서로서로를 인정하지 않고 불신하며 심리적 상처를 주고 자기의 생각도 결국 관철하지 못하여 Lose & Lose 게임이 되어 버렸다. 또 다른 팀은 서로를 배려하고 서로를 인정하는 따뜻한 마음으로 훈훈한 분위기 속에서 삼계탕을 먹게 될 것이다. 이런 훈훈한 분위기에서는 기분이 업되어 자기도 모르게 "빙수 디저트는 제가 쏩니다!"라고 말하게 될 수도 있다.

상대방이 가족이든, 부부든, 친구든, 조직이든 관계의 격을 떠나 상대와 이야기하는 경우 말하는 것보다 들어주는 데 집중하라는 지침을 따르는 것은 중요하다. 우리가 피해야 할 화법은 반드시 주의하여 더욱 화목하고 즐거운 관계를 형성하고 사회생활을 하면서 행복해질 기회를 높이는 것이 꼭 필요하다.

오늘 만나게 될 사람 중 당신의 생각을 듣고 자기 생활에 활력을 찾고자 하는 사람은 거의 없다. 오히려 자신의 고통이나 고민, 질문, 하소연 등을 이야기하고 들어주기를 바랄 것이다. 당신에게 많은 얘기를 하고 돌아간 상대방은 잘 들어준 당신에게 감사하며 편안한 사람으로 기억하고 다시 당신을 찾게 될 것이다. 반면 끊임없이 자기 생각을 강요하고 관심 없는 남 얘기만 전하는 친구에게는 시간을 낭비했다는 후회와 더불어 관계도 차츰 멀어지게 될 것이다. 자기 생각을 상대방에게 강요하고 설득하려고 하는 것은 상대방을 불쾌하게 만들 수 있다는 것을 꼭 염두에 두기 바란다.

10

사람의 인연은
필연이 아니다

천생연분! 사람은 사회적 동물이기 때문에 누구나 다 만남을 갖는다. 좋은 만남, 나쁜 만남 등 다양하게 생각할 수 있다. 종교에 따라서는 만남 자체를 전생과 후생을 연결 지어 필연으로 보기도 한다. 흔히 부모가 자식과 충돌이 생겼을 때 "전생에 내가 무슨 죄를 지었길래 너 때문에 이렇게 고생하니?"라며 불교적 관념으로 꽉 채워진 업과 연을 들먹이는 경우가 있다. 단순한 해프닝이 아닌 오랜 생의 실타래처럼 푸념하는 말도 들어보았을 것이다. 남녀 간의 혼인과 관련해서는 더 특별한 의미를 부여한다. 처음 본 순간 특별한 느낌을 받았다거나 어느 순간 이 사람이 운명의 사람이라는 생각이 들어 결혼을 결심하기도 한다.

비단 사람과의 관계뿐 아니라 반려견이나 반려묘와도 연을 맺는다.

좋은 쪽으로 해석한다면 여러 이유를 들어 서로의 교집합을 만들어 작은 연결고리라도 만들고자 한다. 서로 간에 특별한 관계임을 암시하여 적의를 없애고 친근한 감정을 주고받는다. 서로의 이익과 안전의 본능이 내재적 감정에 의해 표출되는 것이다. 굳이 이러한 좋은 의미에 떤지를 걸고지 히는 의도는 전혀 없지만, 필자는 인연이란 가당치 않은 말장난일 뿐이며 생각의 오류라고 본다.

팩트체크를 한다면 각 나라의 사람들은 대부분 자국의 사람들과 혼인하게 된다. 더 범위를 좁혀 직장이나 학교의 소개팅, 잦은 대면을 통한 호감 증진, 중재자의 이익 또는 선의를 통한 낯선 만남에서의 발전 등 많은 경우가 결혼까지 가는 일련의 흔한 과정이다.

그러나 만약 어린 시절 고국을 떠나 타국에서 생활한다면 그곳의 토착민과 결혼할 확률이 높다. 한곳에 오래 머물렀다 하더라도 전쟁으로 인해 부득이한 분단, 이주, 불가피한 고립 등의 상황에서 남녀의 혼인 확률은 급속히 증가하게 된다.

그러니 인연이란 것은 처음부터 냉정하게 정의되어 정해진 틀 속에 있는 것이 아니라 무궁무진하게 가변적으로 변하는 주변 상황에 따라서 언제라도 달라질 수 있는, 생각의 변화에서 오는 자연스러운 자기 결정의 과정일 뿐이다. 굳이 지금까지 신봉하고 따르던 관념과 문화, 사고를 바꿀 필요는 없지만, 절대적 관계보다는 상대적 관계가 훨씬 더 논리적이고 사실적일 것 같다. 따라서 지금 당신의 배우자는 언제든 바뀔 수 있는 상대적 관계인이다. 그러므로 서로 더욱 노력하고 이해하여 신뢰에 금이 가지 않도록 지켜 가야 할 것이다.

남녀 성비 결정의
신비한 비밀

동서고금을 막론하고 인간은 동물과 달리 선택적 성별 결정을 위해 다양한 생각과 방법을 연구하였다. 부족이나 집단 또는 국가 간 전쟁으로 전투력이 가장 중요한 인적자산일 경우 남아의 출생을 절대적으로 기대하였다. 식량의 부족으로 농사나 가축의 관리를 위해서 여아보다 남아를 선호하였다. 반면 전쟁이 없고 평온한 환경이 주어진다면 절대 인구가 증가할 여건이 마련되어 여아를 출산할 확률이 높아질 것이다.

나라마다 오랜 세월 동안 자연스럽게 받아들인 남아 출산법, 여아 출산법, 임신 촉진법 등 다양한 민간요법들이 전해져 내려온다. 과학적으로 증명할 수 없는 성질이라고 부정으로 대할 수만은 없다. 그러나 실험을 통해서 얻은 객관적 데이터는 의학발달의 원동력이 되어왔으므로 좀 더 체계적이고 계량적인 의학적 관점에서 본다면 의미 없는 인간의 욕구로 치부된다. 민간요법을 통해 남녀를 선택적으로 고를 수 있다면 아마 특정 국가에 남자의 비율이 극히 높다거나 여자의 비율이 극히 높다거나 하는 비대칭 자료들이 있어야 한다.

흰 바둑돌과 검은 바둑돌을 각각 5개씩 놓고 10명의 인원이 보이지 않는 주머니 속에서 꺼내 데이터를 만든다고 가정해 보자. 아마 평균치는 5:5에 가깝겠지만 때에 따라 흰 돌만 5개를 꺼낸 사람과 검은 돌만 5개를 꺼낸 사람도 나올 수 있다. 수학적 확률과 통계다. 각 나라의 남녀 성비 분포를 보자. 어느 나라도 남자가 9할 이상 또는 여자가 9할 이상 태어나 유지되고 있는 나라는 없다. 동물 또한 마찬가지다. 어느 나라에서 태어나든 강아지 대부분이 암컷 혹은 수컷으로 기록되는 나라도 거의 없다. 동물의 왕국을 보면 가끔 암수한몸으로 된 동물도 있고 주변 환경에 따라 수컷이 암컷으로 변하여 생태계의 균형을 맞추거나 종의 숫자를 유지하는 신기한 현상을 본 적이 있다.

우리 몸은 XX 또는 XY 염색체에 의해 성별이 결정된다. 진리라고 할 수는 없어도 적어도 지금까지 축적되고 인정되고 연구된 의학에 따르면 그렇다. 필자는 정자가 난자를 향해 가는 과정에서 또는 난자가 정자를 받아들이기 위한 시도에서 그 시대의 필요에 의해 선별적으로 선택 결정을 하여 받아들이는 것이라고 주장한다. 그러니 남아를 낳기 위해 또는 여아를 낳기 위해 별도의 노력과 비용을 들이는 것은 무의미한 것으로 생각한다. 이는 하늘이 정하여 결정하는 것으로 인간의 결정 범위를 넘어서는 일들이다.

2022년 우리나라의 출산율은 세계 최저의 기록을 경신하고 있다. 많은 사회학자가 앞다투어 분석을 내놓고 있다. 학자들은 고물가 등의 이유로 경제적인 여유가 없어서, 차후 예상되는 자녀의 교육비 비중이 커져서, 또는 여성 고용 비율이 높아져 출산의 환경이 어려워지는 등의 이유를 내놓는다.

그러나 필자의 의견은 다르다. 육아 지원이나 차별적 고소득이 유지되는 선진국 특히 북유럽의 출산율 역시 현저히 낮다. 의식주뿐만 아니라 주거환경이 양호할수록 출산율이 낮아지는 역현상이 존재한다. 동물의 세계나 식물의 세계도 마찬가지다. 포식 환경의 하위에 있는 초원 초식동물의 출산율은 높지만 천적에 큰 구애를 받지 않는 코끼리나 하마 같은 동물들은 출산율이 낮다. 식물도 마찬가지다. 필자가 자주 가는 동호회 사무실에 난 화분이 몇 개 놓여 있다. 다들 아는 것처럼 난은 꽃이 피기 어려운 식물이다. 꽃을 피우기 위해서는 상당히 인내심을 가지고 기다리며 보살펴야 한다.

지난해 코로나가 극성일 때 정부의 방역 지침에 따라 약 1개월간 사무실을 폐쇄한 적이 있다. 우연히 사무실 이상 여부를 점검하기 위해 방문했을 때 깜짝 놀랄 일이 일어났다. 난이 예쁜 꽃 두 송이를 피워낸 것이다. 우연이었을까? 예쁘게 핀 꽃을 바라보며 잠시 생각에 잠겼다. 그리곤 이내 결론을 얻었다. 아무도 찾지 않은 사무실에서 물조차 주지 않던 척박한 환경에서 아마도 난초는 마지막 생의 위기를 느껴 본능적으로 종을 유지하려는 필사의 노력이 있었으리라. 씨앗을 얻기 위한 노력으로 꽃을 피운 셈이다. 열악한 환경은 생존에 위협을 주고, 이런 위협은 종의 단절에 대한 우려를 낳으며, 출산이나 번식의 동력이 된다는 게 필자의 결론이다.

우리나라 출산율이 낮아지는 이유는 어쩌면 살기 좋은 환경으로 변하는 사회현상과 맞물려 해석할 수 있을 것 같다. 역설적이기도 하지만 출산이 저조하다는 것은 살기 좋은 편안한 환경이 마련되어 있기 때문은 아닐까? 그렇다고 어려운 환경을 만들어 출산율을 높이고자 하는 것은 무모하다는 생각이다. 과도한 교육비로 출산을 기피하지 않도록 학벌 만능주의의 의식 변화와 환경이 널리 만연되어야 할 것이다. 육아 지원, 보호 정책, 주거 문제 등의 해결은 출산에 어느 정도 도움이 되는 요인이다. 가장 중요한 것은 출산 문제가 신의 섭리와 자연의 원리에 의해 자연스럽게 해결되는 것이지 인위적인 노력으로 해결되지는 않는다는 것이다. 남녀가 만나 결혼하고 남아든 여아든 사랑으로 태어나 사랑받고 또 사랑을 주고받는 인간으로 생의 순간순간을 행복으로 가득 채우며 살아가기를 바란다.

12

남녀 사이의
사랑이란 묘약

남녀는 어떤 인연으로 만나고 어떤 사람이 서로의 이상형일까? 건강한 남녀는 청소년기를 거쳐 혼인 적령기에 이르면 서로의 배우자를 선택하기 위한 본격적인 탐구에 들어간다. 소개받기도 하고 중매를 거치기도 하며 오랜 기간 교제하며 서로를 지켜보기도 한다. 특별한 상황이 아니라면, 스스로 마음이 열리고 상대를 받아들일 수 있을 때 배우자를 결정하게 된다. 인간은 우월한가? 동물과 다른 면을 갖는가? 철학의 범주로 볼 때, 스스로 사고하고 대화를 통해 상대와 소통하는 것이 인간과 동물의 다른 점이라고 한다. 그렇다면 철학의 본질은 무엇인가? 소크라테스, 플라톤, 아리스토텔레스조차 스스로 주장을 펼치기는 하지만 누구도 진리를 증명하진 못했다.

서로가 가장 최선이라고 결정하여 배우자를 선택했으나 불화를 겪거나 이혼을 하기도 한다. 과거에는 좋았던 배우자가 시간이 지나면서 왜 싫어지는 것일까? 필자 주장의 전제는 인간은 동물과 다르지 않고 인간이 더 우월하지도 않으며 다만 독특한 종의 일부라는 것이다.

필자는 여러 나라를 다니며 왜 이 남자가 이 여자를 혹은 이 여자가 이 남자를 선택했는지 상상해 보았다. 필자는 배우자를 선택하는 기준에 물질적인 면을 배제하고, 호감을 중심으로 보았을 때 모든 남녀의 결합은 대부분 남자보다 여자의 선택에 의해 이루어진다고 본다. 모든 남자는 비교적 많은 여자에게 접근하고자 하는 본능이 있다. 하지만 여자의 경우 자신이 정한 기준에 맞는 남자일 경우에만 마음의 문을 연다. 남자가 여자를 선택해야 잘 산다고 하지만 실제로는 여자가 남자를 선택하는 것이다. 모든 방에 여자가 있고 남자가 각 방을 노크해 열리는 방으로 들어가게 되는 상황에 비유하고 싶다. 여자의 입장에서는 자신이 있는 방문을 두드린 남자들을 무시하다 마음을 주고 싶은 남자에게 문을 열게 되는 것이다.

인간만이 거울을 사용하여 자기 모습을 볼 수 있다. 어렸을 때부터 본 자기 모습이 무의식중에 각인되어 비슷한 모습을 가진 이성을 만나게 되면 어디선가 본 듯한 또는 설레는 마음이 생겨 '이 사람이 내 사람'이라고 생각하게 된다. 부부는 닮는다고 하지 않던가. 후천적으로 오랫동안 같은 패턴의 생활을 하다 보면 서로 닮아 가기도 할 것이다.

남자는 환경의 위협을 느낄 때 강한 성욕을 느끼고, 여자는 평화로운 환경이 제공될 때 강한 성욕을 느낀다고 한다. 남자는 전쟁 등으로 생명의 위협이 예상될 때 자신의 종을 번식하고자 하는 욕구가 상승하고, 여자는 분만, 육아로부터 외부 위험이 최소화될 때 후세를 남기고자 하는 강한 욕구를 갖게 된다고 한다. 동물도 이런 외부적 환경에 의해 종의 번식이 이루어진다. 한꺼번에 대량 포식을 당하는 정어리 떼는 엄청난 수의 알을 낳아 확률에 따른 종의 유지를 시도하고 세렝게티 초원의 얼룩말은 태어난 지 30분도 되지 않아 걷고 뛰며 맹수들로부터 종을 유지하려는 본능을 나타낸다.

우리나라는 선진국으로 접어들면서 주거 환경이 좋아지고 영양 공급 등 먹거리 환경이 풍부해졌다. 따라서 출산에 강한 욕망을 느끼지 못하고, 여성도 남성과 같이 근로하는 환경에서 육아에 대한 의욕이 저하된 것이라고 하면 지나친 비약이나 상상일까? 하지만 필자는 그렇게 믿고 있다.

비행기에서
만난 사람들

    34년의 긴 비행 근무에는 특별한 추억 또는 아픈 기억 등 다양한 에피소드가 담겨 있다. 역대 대통령부터 그룹 총수, 유명언론인, 스포츠 스타, 종교인 등. 연예인은 두말할 필요도 없이 그물에 걸리듯 필자의 뇌리에 각인시킨다. 좋은 내용이기에 실명이 거론되어도 무방하다고 판단되는데 고 김대중 전 대통령을 모신 적이 있었다. 퇴임 직후라 방송에서 늘 보던 카리스마 있고 탄탄한 육성은 다소 가라앉은 듯 보였지만 여전히 단단하고 품위를 지닌 모습은 기억의 한 편에 머물러 있다. 고 이희호 여사 역시 단아하고 차분한 모습으로 승무원들의 노고에 따스한 말 한마디 건네셨던 모습이 잊히지 않는다.

    필자가 소속된 금호그룹의 역대 박성용 회장님, 박정구 회장님, 박삼구 회장님은 늘 직원들의 노고를 격려하기 위해 탑승 때마다 모든 승무원에게 면세품을 하나씩 고르도록 하는 배려를 잊으신 적이 없었다.

이미 고인이 된 김우중 회장님은 재임 중이나 퇴임 후에도 여러 번 모실 기회가 있었는데 대우그룹 총수 시절 뉴욕에서 앵커리지를 거쳐 한국으로 돌아오는 비행기에서의 기억이 생생하다. 늦은 밤 뉴욕에서 출발할 때 주무실 것이라 말씀하시고 앵커리지에서 잠시 기름을 채우고 인천으로 향하는 내내 주무시고 새벽 도착 직전 우동 한 그릇으로 허기를 채운 뒤 생수 한 병으로 갈증을 해소하시던 모습이 눈에 선하다.

도착 직후에는 당시 VIP들을 마중하기 위해 항공기 문을 열자마자 줄을 서서 기다리는 참모들에게 악수하고 내리시면서 곧바로 보고를 받는 듯한 모습은 꺼지지 않는 종합상사의 대표 회사였던 대우그룹이 세계화를 이룰 수 있었던 원동력이었을 것으로 생각한다. 그 후 대우그룹이 해체되고 난 이후에도 유럽의 곳곳에는 대우 간판이 그대로 걸려있었는데 대한민국 국민의 한 사람으로서 자부심을 느낄 수 있었다. 이후에도 가끔 하노이에서 거주하며 한국에 들르시는 경우 뵌 적이 있어서 인사를 드렸는데 작아진 체구와 노쇠한 기력에도 눈빛과 말투는 여전히 강단 있고 힘차 보였다.

롯데그룹 신동빈 회장님은 항상 말씀이 별로 없으시고 차분히 책을 보거나 주무시는데 외모에서 일본풍의 정적인 이미지가 느껴진다. 두산그룹 박용성 회장님은 카메라맨이라 불리기도 할 만큼 사진을 좋아하셨다. 사진 찍는 취미가 있어서 비행기에서도 바깥 풍경을 호기심 어린 눈으로 보고 사진을 찍는 모습에 적극성과 열정이 배어 있어 두산그룹이 성장해 온 모습을 상상할 수 있었다.

| 하노이에서 박항서 감독님과 함께

한때는 개그맨이었다가 훌륭한 사업가로 변신한 모 대표는 탑승 시 늘 깍듯한 예절과 승무원들에게 작은 선물을 챙겨주실 만큼 배려심 깊은 모습으로 존경받았다. 아이돌이라 불리는 젊은 가수들은 빠듯한 일정 때문인지 탑승하자마자 잠에 빠져들었다. 그 모습을 보면 안쓰러움과 동시에 무언가 자기 일에 혼신을 다하는 프로의식을 볼 수 있었고, 이는 항상 자신을 돌아보고 경각심을 갖도록 해주었다.

외국의 유명 인사 중 세계 1위를 차지하고 있는 유명한 구기 종목 스타 선수의 경우, 경기 중 파워 넘치고 카리스마로 가득 찬 모습은 온데간데없었다. 동반한 여자친구에게 절절매는 그의 모습은 뒷방에서의 이야깃거리가 아닐 수 없었다. 불과 몇 년 전 베트남 축구가 동남아 킹스컵 등 승승장구를 이어갈 때 대한민국의 자랑인 박항서 감독님을 체류했던 하노이의 호텔에서 만난 적이 있다. 늘 겸손한 태도와 활기찬 걸음걸이는 만나는 모든 사람에게 선한 기를 나누어 주시는 듯했다.

1990년에는 미국으로 향하는 비행기마다 홀트 아동복지센터에서 미국으로 입양되는 아기들을 데려다주는 보모들이 자주 탑승했다. 짧은 시간이지만 정들었던 예쁜 아기들을 공항에 내리자마자 마중 나온

새로운 양부모에게 인도해 줄 때면 승무원들의 눈가가 촉촉해졌다.

　김대중 문민정부 시절에는 탈북민들의 귀국이 대거 허락되었다. 동남아시아 각국에서 생애 처음 입국하는 북한 동포를 맞으며 분단의 아픔을 뼈아프게 느끼게 되는 경우가 비일비재했다. 가끔은 미국, 필리핀, 베트남 등지에서 체포된 지명수배자들이 호송관들과 함께 수갑을 차고 탑승해 불편한 손으로 식사하고 음료를 마시는 모습을 볼 수 있었다. 누가 선한 사람이고 악한 사람인지 도무지 구별할 수 없고 그저 그들의 선한 모습만이 승무원들의 가슴을 녹여냈다.

　비행기라는 한정된 공간에 서로 다른 국적을 지닌 많은 사람이 타다 보니 언어와 습관, 독특한 후각적 차이가 있기도 하다. 이에 서로가 이해하지 못하는 각자의 언어로 자리다툼을 하는 모습에 애를 먹기도 했다. 아주 묘한 기억도 있다. 한 서양인 커플은 그날따라 많이 비어 있던 좌석에서 함께 담요를 두르고 누워 여승무원들의 얼굴을 뜨겁게 했고, 기내 캐빈 보안 책임자였던 필자가 법적인 고지와 더불어 공공예절 등을 설명했던 것은 아주 낯 뜨거운 순간으로 기억된다.

|  승객분들께 감사 인사를 전하다

이곳 역시 사람이 모이는 곳이다 보니 문신 그득한 조폭이 탑승하여 사람들에게 위협을 가하는 행동을 하기도 하고 허풍을 떨면서 엄청난 일을 벌이기 위해 목적지로 가고 있다는 뻥쟁이도 본 듯하다. 어쨌거나 34년의 세월을 그분들이 탑승객으로 와 주셔서 필자의 뇌를 가득 채워 주고, 가정을 이루며 생계를 이어갈 수 있었으니 더없이 고마운 분들이 아닐까 생각한다.

5월 초 나는 퇴임 전 하와이로 마지막 장거리 비행을 다녀오게 되었다. 감사의 방송과 함께 개인적으로 틈틈이 익혔던 소프라노 색소폰으로 즉흥 기내연주를 했다. 그때 많은 박수와 격려를 받은 것 또한 영원히 잊지 못할 내 인생의 명장면 중 하나다.

| 마지막 장거리 하와이 비행에서 감사 연주

아들에게 주는
인생 10가지 교훈

1. 체력을 길러라.

   - 남자들 사이에선 체력이 강한 놈이 가장 인기 있다.

2. 남들보다 잘하는 것 하나를 가져라.

   - 친구들은 나보다 잘난 놈에게 기우는 법이다.

3. 인사를 잘해라.

   - 인사는 상대방을 인정하는 가장 기본적인 척도다.

4. 너를 이겨라.

   - 남을 이기는 것은 힘들지만 더 위대한 것은 네 자신을 이기는
   것이다.

5. 여행을 많이 해라.

   - 여행보다 좋은 책은 없고 여행보다 좋은 선생은 없다.

6. 남의 경험을 많이 접해라.

   - 시간을 벌 방법은 남의 경험을 내 것으로 만드는 것이다.

7. 받는 것보다 주는 것이 남는다.

   - 줘서 손해 보는 이 없고 줘서 밑지는 장사 없다.

8. 시간을 아껴라.

   - 똑같은 시간보다 조금 더 공들이는 시간은 엄청난 결과를 가

     져온다.

9. 가장 친한 친구를 소중히 해라.

   - 너의 성공은 친구의 도움에서 비롯되니 친구를 아껴라.

10. 재물을 모아라.

    - 재물은 위의 모든 것을 쉽게 만들어 주는 지름길이다.

딸에게 주는
인생 10가지 교훈

1. 네 몸을 보살펴라.

   - 여자의 가장 큰 무기는 자기를 돌봄으로써 소중하게 보이도록

     해야 한다.

2. 미소와 감사를 지녀라.

   - 미소는 못난 얼굴도 예쁜 것처럼 착시를 일으키고, 감사는 더

     커 보인다.

3. 예술 분야를 반드시 익혀라.

   - 예술을 하는 모든 얼굴은 다 예뻐 보인다.

4. 능력보다는 성품이다.

   - 남자는 여자의 능력을 보기보다 외모와 성품을 본다.

5. 언제나 계획을 세우고 행동해라.

- 계획을 세운 사람과 세우지 않는 사람은 시간을 다르게 산다.

6. 늘 남에게 보일 준비를 해라.

   - 사소한 너의 모습은 네 인생의 모든 모습의 잣대가 된다.

7. 꾸준히 운동해라.

   - 운동은 너의 몸과 마음을 청결히 해주고 새로운 생명에도 도움이 된다.

8. 쇼핑을 자주 해라.

   - 여자의 최고 가치는 아름다움이며 이는 많은 목격과 비교에서 온다.

9. 언제나 남보다 두 배 더 노력해라.

   - 그냥 얻어지는 아름다움은 없으니 요리, 화장, 음악 등에 노력해라.

10. 패션 감각을 키워라.

   - 몸을 잘 가꾸고 패션 감각을 키워 너의 단점을 덮을 수 있도록 해라.

16

성공의
5가지 요소

간절함

간절함은 호기심과 더불어 무에서 유를 창조해 낼 수 있는 가장 원초적인 원동력이다. 호기심에 가득 찬 어린아이일수록 정신적 성장이 어른보다 현저히 빠르다. 아동기 때에는 의식이 덜 성숙해 간절함보다는 호기심으로 나타난다. 성인들이 흔히 자신은 노화가 진행되므로 기억력이나 학습 능력이 떨어진다고 한다. 하지만 노년이 되기 전에는 가정, 사업, 친구, 금전, 부양 등의 이유로 인해 복잡한 생각이 많아지고, 집중력이 떨어진다. 그래서 새로운 것에 대한 열정이나 도전보다는 현재 당면한 문제에 대한 해결에 집착하게 됨으로써 창의력이 떨어진다. 어린아이는 한 가지 자신이 원하는 것에 대한 욕구와 집착이 강하므로 이는 호기심으로 표현되고 청소년을 거쳐 성인이 되면서 간절함으로 변모해 간다. 간절함은 실패에 대한 두려움의 벽을 넘을 수 있고 고통을 느끼지 않으며 집중도가 높아져 기억의 공간에 채워지는 속도가 빠르다. 간절함은 모든 성공의 길목을 여는 가장 첫 번째 관문이다.

반복

인간의 능력은 부단한 연마를 통해 향상된다. 반복은 뇌의 기억력을 강화해주고, 체육이나 예능 또는 뇌의 인지 기억 활동은 부단한 반복으로 인해 진화한다. 진화는 상대적으로 비교 대상보다 더 높은 수준의 능력을 만들어냄으로써 외부로부터 인정받게 된다.

이는 때로 타고난 소질이나 재능이라고 불리기도 하지만 부인할 수 없는 DNA를 인정하면서도 실제 반복에 의해 재능을 뛰어넘는 사례는 무궁무진하다. 작곡의 신 모차르트는 곡을 쓸 때 수정하지 않고 단박에 써 내려가는 것으로 유명한데, 곡을 쓰는 동안 하늘에서의 소리가 모차르트의 귀에 전달되어 듣고 썼다는 우스갯소리가 있다. 이에 어떤 이는 모차르트가 이전에 유명했던 모든 유명 작곡자들의 곡을 거의 다 외우고 있었기에 이러한 재능을 말하는 것은 모순이라고 반기를 든다.

최고의 바이올리니스트인 사라사테는 연주가 끝날 때마다 쏟아지는 찬사와 함께 타고난 재능을 부러워하는 사람들에게 "하루 10시간 이상을 수십 년간 하루도 빼놓지 않고 연습해 온 내게 과연 재능이 있는가?"라고 반문한다. 매일 아침 연습으로 만신창이가 된 몸을 일으키기 힘들었다는 발레리나 강수진은 어느 날 아침 아프지 않은 몸으로 일어날 때 전날 연습을 게을리했던 자신에 대한 허탈감으로 마음이 더 아팠다고 한다. 뉴욕 필하모닉 상임 지휘자였던 레너드 번스타인은 다음과 같이 말했다. "하루 연습을 하지 않으면 자신이 알게 되고, 이틀을 안 하면 아내가 알게 되며, 사흘을 안 하면 모든 관객이 알아차리게 된다." 그는 부단한 반복 연습만이 자신을 지켜오는 습관이라고 일갈한다.

명필로 유명한 추사 김정희는 평생 붓과 먹과 벼루를 셀 수 없이 많이 소모함으로써 추사체는 반복에 의해 만들어진 필체라고 겸손을 드러냈다. 한 유명 피아니스트는 성황리에 공연을 마친 후 "공연을 마치고 쉬는 날에는 무엇을 하는가?"라는 기자들의 질문에 자연스럽게 "연습에 매진한다"라고 말했다. 성공의 키워드는 반드시 반복에 있음을 알 수 있다. 한자에서도 단련(鍛鍊)은 철을 쌓아 겹쳐 달구고, 또 달구고 두들겨 강하게 만드는 것으로 더욱 강해지기 위해선 수도 없이 반복해야 한다는 뜻이다.

인내

모든 사람에게는 거의 비슷한 생명 공식이 있다. 올림픽 경기를 보면 초를 다투는 경기가 아주 많다. 100미터 달리기, 마라톤, 쇼트트랙, 사이클, 바이애슬론, 수영 등 인간의 능력은 아주 미미한 차이에 의해서 커다란 결과가 나타난다. 이는 오랜 반복 연습의 결과이기도 하지만 빼놓을 수 없는 것이 인내다. 마지막 순간은 누구나 힘들고 지치기 마련이다. 여기에서 목표가 뚜렷하고 보다 강한 정신력으로 최후의 순간까지 더 힘을 내는 것은 인내심이 있기 때문이다. 인내는 오랫동안 같은 훈련을 반복함으로써 익숙함으로 변모시키는 자기 성장 과정이다.

나에게만 어려운 환경이 닥쳤다고 생각하는 사람은 발전의 동아줄이 끊어지게 된다. 극한 정신력으로 어려운 현시점을 극복하고자 하는 강한 의지가 인내심이며 이런 자세는 반드시 남들이 부러워하는 경지에 다다르며 이는 곧 성공으로 인정받게 되는 것이다. 누군가를 부러워한다는 것은 내가 갖지 못한 발상의 호기심과 간절함, 부지런함으로 더 많은 연습을 반복했음을 짐작할 수 있고 스스로 어려운 현실을 참아내는 인내를 떠올리며 남을 인정하게 되는 것이다.

경제학에 1만 시간의 법칙, 3만 시간의 법칙이 있다. 하루 3시간씩 1만 시간을 채우려면 약 10년이 걸린다. 이 정도 수준이 되면 무엇을 하더라도 먹고 살 수 있게 되며 3만 시간은 30년 정도의 장인 수준에 도달해 남들이 결코 범접하기 어려운 경지에 다다르게 된다. 오로지 인내만이 차별성을 가질 수 있도록 해주는 성공의 필수 요소 중 하나다.

시간 관리와 IT 능력

인간은 누구나 신으로부터 공평하게 받은 선물이 있다. 바로 시간이다. 상위 1%에 들어가는 부자도, 태어나서 빚에 허덕이는 부모 밑에서 자랐어도 시간은 누구에게나 공평하게 24시간이 주어진다. 그러나 시간은 아인슈타인이 상대성 원리에서 설명하듯 누구에게나 똑같이 적용되는 것은 아니다. 경우에 따라 24시간 이상을 살 수도 있고 반대로 24시간이 모자라 늘 쫓겨 다니기도 한다. 시간은 컴퓨터의 멀

티태스킹처럼 다중 작업이 가능하다.

필자는 조리기능사 자격증이 있는데 종종 집에서 밥을 한다. 아침에 일어나 밥을 짓고 설거지까지 20분이면 충분하다. 가끔 여자 후배들이 말도 안 된다는 얘기를 종종 한다. 자신들은 최소 1시간 정도가 걸린다는 것이다. 쌀을 적당량 퍼서 씻는 데 약 2분이 소요된다. 그리고 10분간 물에 담가둔다(약 15분간 샤워한다). 전날 준비해 둔 국거리를 끓이기 위해 가스 불을 켜는 데 약 3분이 걸린다(아침 신문을 본다). 국 끓이기를 마무리하거나 간을 맞추면서 소요되는 시간 5분(신문을 마저 본다), 냉장고 밑반찬을 꺼내고 식기류를 준비하는 데 5분, 설거지하는 데 약 5분, 이렇게 20분이면 밥하기부터 식후 정리까지 충분하다. 밥이 익는 동안 굳이 옆에서 지키고 있을 필요도 없다. 불을 켜놓고 딴짓하면 위험하다고 할 수도 있겠지만 이런 패턴이 루틴이라면 안전하다.

경제관념도 마찬가지다. 부자는 돈을 좇기보다 돈이 자신을 위해 일하도록 만들라고 한다. 자신이 다른 일을 하는 동안에 임대수익이나 이자수익이 스스로 불어나도록 잘 만들어 두어야 한다. 그러기 위해서 IT 능력은 필수다. 정해진 시간에 예약을 걸어 메일이 핸드폰과 자신의 컴퓨터 그리고 Clould까지 연동되도록 하고 언제 어디서든 원하는 자료를 찾고, 업무를 손쉽게 처리할 수 있는 환경을 만들어야 한다. 서류 한 장이 필요해서 은행이든 행정복지센터든 대기하면서 시간을 낭비해서는 안 된다. 가령 핸드폰의 사진을 적절히 정리하고 생계 또는 업무 관련 자료들을 나누어 디렉터리(directory)별로 접근하기 쉽게 만들어야 한다. 시간은 돈이며 생명이다. 시간과 IT 활용은 필수적 연결고리이자 성공의 지름길로 가는 열쇠다.

자기만의 룰

해외여행을 한 사람들은 모두 한 가지 로망이 있다. 성공한 사람들이 타고 다닌다는 퍼스트 클래스와 비즈니스 클래스 좌석에 타 보는 것이다. 해외여행을 하는 것만으로도 행운이라고 생각하지만 상위 클래스를 탄다는 것은 쉬운 일이 아니다. 미주노선 기준으로 퍼스트 클래스는 왕복 1천여 만 원을 훌쩍 넘고 비즈니스 클래스는 왕복 600여만 원 이상이라면 가늠이 될까? 한 가족 4명이 유럽이나 미주노선 여행을 다녀온다면 경비를 포함하여 서민 아파트 월세 보증금 정도는 될 큰 금액이다. 가족 여행을 하면서 비즈니스나 퍼스트 클래스 좌석을 이용해 본 적이 있다면 아마도 정말 선택받았거나 축복받은 사람들이 아닐까 생각한다.

필자가 항공사에서 오랜 기간 근무하며 퍼스트나 비즈니스를 이용하는 고객들을 유심히 관찰해보았다. 대기업이나 직원 복지가 좋은 중소기업의 관리자급 이상이 업무를 위한 출장으로 비즈니스를 이용하도록 배려하는 기업이 많아지는 추세다. 그러나 퍼스트의 경우 최고경영자나 엄청난 재력을 가진 사람이 아니면 쉽게 접하기 어렵다. 그런 사람들은 무엇이 다를까? 상속받았을까? 운이 좋아 사업이 대박난 사람들일까? 또는 초청하는 측에서 그 사람에게 특별한 배려를 해준 것일까? 이 모든 요건이 다 해당될 수도 있겠다.

그러나 특이한 것은 상위 클래스일수록 까다롭다는 것이다. 이 까다로움을 긍정적 표현으로 표현한다면, 가령 퍼스트 클래스 고객의 경우 자기 취향이 분명하다. 그들은 식사 메뉴 중에서 주요리는 어떤 종류로 하되 굽기는 어느 정도라고 정하고, 음료는 종류를 묻고 차지 않게 또는 얼음을 몇 개만 넣어서라든가 와인은 테스트를 한 후 자신의 취향에 맞는 것을 고르고 식사 시간조차 자신이 지정하는 경우가 많다. 반면 이코노미 클래스의 경우 대부분 선택에 대한 불만을 표하는 분들은 드물고 음료 또한 원하는 걸 요구하기보다는 눈에 보이는 것 중 무의식적으로 선택하는 경우가 많다. 결론적으로 말하면 성공한 사람들은 좋게 표현하자면 자신만의 룰을 만들어 철저히 자기관리를 한다는 것이며 나쁘게 말하면 깐깐하다는 것이다.

성공한 사람들은 시간, 약속, 메모, 규칙, 표현, 지식 등 다양한 방식들이 동시에 작동하는 것이 기계처럼 몸에 밴 사람들이다. 그중에서도 가장 중요한 것이 바로 시간 관리가 아닐까 생각한다. 남들보다 조금 더 일찍 일어나 조금 더 노력하고 조금 더 시도해 보는 것이야말로 평생 경쟁 사회에서 지켜야 할 태도다. 또한 성공하기 위해서는 자신이 좋아하는 일을 해야 한다는 것이다. 좋아하는 일은 싫증이 나지 않으며 결과를 떠나 일 자체가 즐거우므로 집중하기 쉽고 어려움에 닥쳤을 때 인내가 가능하며 행복의 기본 요건인 만족이 뒤따른다.

역설적으로는 싫어하는 일을 견뎌야 성공에 다다르게 된다. 산삼은 모든 이가 걷는 길에 피어 있지 않다. 귀한 것은 아무도 가지 않는 길에서 발견할 수 있으며, 내가 싫은 일이라면 남들도 싫게 마련이다.

3장

해외여행 천만 명 시대,
슬기로운 쇼핑의 기술

명품 마케팅의 비밀

근래 들어와서 세계 각국은 명품 신드롬에 휩싸여 있다. 필자는 승무원이란 직업 때문에 동남아시아나 미국, 유럽 등을 평생 돌아다니며 지내왔다. 명품의 열기는 비단 한국뿐만 아니라 세계 곳곳에서 동시다발적으로 마치 약속이나 한 듯 일어나고 있다. 과거에도 명품은 있었지만 과거의 명품은 희소성이나 장인정신에 근거한 특별한 소재, 디자인, 기술이 명품으로 인정받을 수 있는 기준이었다.

그러나 오늘날에는 시장에서 가장 잘 팔리는 것, 가장 비싼 것, 나아가 가장 카피 물품이 많은 것이 명품으로 인정된다. 그렇다면 명품이 왜 명품인지 곰곰이 생각해 보자. 대량생산과 복제 기술이 발달하여 진품과 가품의 구별이나 생산비용이 크게 차이 나지 않는 오늘날의 공업구조에서 남의 물건을 베껴 시장에 출시하는 것은 수일 만에 가능하다. 진품을 만드는 회사들도 이런 현실을 잘 알고 있으며 가장 고민이 될 것이다. 아무리 법의 울타리가 높다고 해도 빠져나가는 사람들이 있고, 아무리 잘 만든 상품이라 하더라도 인간의 욕심이 존재하는 한 이익을 추구하려는 또 다른 사람들로 인해 진품의 고유성이 지켜지기 어렵다. 다만 시기를 늦출 수 있을 뿐이다.

삼성전자의 최고급 기술이 경쟁사의 스카우트나 로비에 의해 유출되어 바로 중국의 큰 시장으로 흘러 들어가는 일은 어찌 보면 자연스러운 현상이다. 더욱이 디자인이나 소재를 중시하는 Vanity 용품은 출시 즉시 전문 기술자들에게 소스 코드(source code)를 공개하는 것과 같다. 명품 회사들은 어차피 공개될 정보를 감추기보다는 이를 잘 활용하는 편이 낫다고 판단할 수 있을 것이다. 명품의 정의는 과연 무엇인가? 필자는 명품의 정의를 '가장 가짜 물품이 많은 것'이라고 주장한다. 지금은 텅 비어 버린 명동이지만 불과 3년 전만 해도 명동 한복판에서는 유사 물품이 보도 한가운데를 꽉 채웠다. 핸드백, 모자, 양말에 이르기까지 유명 상품 회사들의 카피 제품이 대부분이었다. 심지어 명품족의 근린 반경인 애완동물의 집이나 신발까지 명품 일색이다. 중국을 위주로 한 동남아시아의 경우는 더하다. 아예 백화점 같은 대형 건물에 입주하여 버젓이 가짜 명품을 팔고 있다. 그 어떤 단속도 무용지물이다.

어쩌면 개발도상국의 수입원에 커다란 일조를 하고 있기에 나름대로 애국하고 있는 그 나라의 지도자들이 눈감아주거나 먹이사슬처럼 이권이 개입되어 보호해주고 있을지도 모른다. 명품을 사는 사람은 명품은 희소해야 하고, 이런 희소성으로 인해 자신을 희소한 인간의 부류로 생각하는 혜택받은 사람들이 자신들만의 차별성을 강조하려

하는 듯하다. 매년 최신형이라는 형식을 빌어 상품을 출시해 오고 있다. 여기서 명품 회사들은 고민에 빠지지 않을 수 없다. 신중하게 밀어붙인 판매 결정 상품이 경쟁사의 제품에 비해 판매가 저조할 수 있을 것이다. 그럴 경우 시장의 인식과 가치를 회복하기 위해선 엄청난 비용을 감수하지 않으면 안 된다. 이런 시행착오를 줄이기 위해 철저한 시장조사를 빼놓을 수 없다. 조사비용 없이 그냥 길을 지나는 사람들에게 볼펜을 나누어 주거나 애절하게 부탁하여 조사할 수는 없다. 그럴 경우 브랜드 가치 훼손이나 오작성으로 전혀 엉뚱한 결과가 도출돼 손실을 볼 가능성이 크기 때문이다.

사람들의 선호도 조사가 아닌, 사람들이 부러워하는 가치를 창출하는 게 중요하다. 시계의 예를 들어보자. 명품 회사의 시계를 만드는 전문 디자이너들은 적어도 수십에서 수백 명 이상이다. 차별화된 능력을 갖춘 전문 디자이너들이 만든 시계는 시장 출시를 위해 엄격한 검증과 테스트를 거치지 않으면 안 된다. 그러나 막상 시장에 출시되는 상품은 불과 몇 개에 불과하다. 희소성과 가치를 높이기 위해서다. 그래서 소위 블랙마켓(black market, 암시장)에 회사가 디자인한 모델들을 은밀하게 풀어놓음으로써 사람들의 시선을 모으고 선호도를 조사하는 것이 아닐까?

본사에도 없는 디자인의 가치가 폄하되지 않기 위해서는 일정 수준 품질도 따라주어야 한다. 그럼으로써 특정한 상품 또는 상표가 '좋다'는 여론을 형성하게 될 것이고, 가격 대비 현저히 아름답고 기능도 나름 훌륭한 상품들은 구매자들에게 대리만족을 안겨주고 심리적으로 격상된 자신의 신분에 대한 착시현상을 불러일으킬 수 있다. 이로 인해 유사 계층의 구매자들은 경쟁적으로 상대적 박탈감에서 벗어나기 위해 구매 대열에 합류하게 되고 이런 분위기는 순식간에 들불처럼 번지게 된다. 너구리를 잡기 위해서는 굴속에 연기를 피워 스스로 나오게 만들어야 한다.

명품을 살 수 있는 구매력을 가진 사람은 우리 사회나 여타 선·후진국을 막론하고 그렇게 많지 않다. 상위 1% 이내의 소수만이 그 능력을 가지고 있다. 이들은 언제든지 명품을 구매할 수 있는 능력이 있지만 쉽게 구매를 결정하지 않는다. 이들에게 정작 필요한 것은 물품이 아닌 과시이기 때문이다. 많은 사람이 유사 명품으로 대리만족을 느끼며 여론을 형성하는 사이 그들을 압도할 시점을 고민한다. 이때 시장으로부터 충분한 판매 형태나 정보, 패턴 등을 입수한 명품 회사들은 사람들의 선호도를 파악한 자료를 기초로 예정 상품을 시장에 출시한다. 예정된 상품은 베스트셀러 또는 장인의 추천 상품으로 둔갑하여 출시되고 부자들은 구매하고, 일반 서민들은 부러워하게 된다. 부자는 결코 품질을 사는 것이 아니라, 브랜드를 구매함으로써 상대적 위안과 행복감을 느끼는 것이다. 명품 회사 또한 명품을 파는 마케팅 기법에 최고의 기술이나 최고의 내구성 등의 일반 상품 마케팅 방법을 사용하지 않는다. 대신 이 상품을 구매하는 순간 차별화되고 우아하며 최고의 품격으로 인정받게 된다는 식의 선민적 의식을 삽입하게 된다.

시계의 경우 기존의 강자인 R 사에 밀려 더 좋은 기술력과 역사, 정확성을 가지고 있으면서도 인정받지 못하던 회사들이 많았다. 대표적인 회사들이 최근에 동남아 시장을 주름잡는 P, V, M, A 사 등이다. 이 시계회사들은 성능 좋고 다양한 디자인을 시장으로 쏟아냄으로써 수백 년간 전통 디자인만을 고집하던 R 사를 압박하기 시작했다. 다양한 디자인에 익숙해진 현대의 시장은 진부한 자기 방식을 고집하는 전통 강자를 외면하면서 확연히 판매자 시장(seller's market)에서 구매자 시장(buyer's market)으로 자리 잡았다. 소비자의 권리와 요구는 생산자의 모든 과정을 뒤흔들고 바꿀 수 있을 만큼 강력했다. 명품이지만 소비자가 원하는 형태라면 기존의 모든 틀을 벗어버리는 새로운 강자들로 인해 구매는 새로운 기류를 형성하고 전통 강자는 고립의 위기에 처하게 됐다. 이에 새로운 모델을 집중적으로 시장에 흘림으로써 한동안 잊었던 기존 고객층의 관심을 다시금 불러일으키고 고군분투하고 있으나 이미 많은 소비자가 자신만의 스타일을 만들어 갔다. 이제 이런 현상들은 시계 시장뿐 아니라 핸드백, 구두, 펜류, 비정장 등 모든 clothing & garment류에서도 발생한다.

| 중국의 명품 백화점

진품과 복제품의 품질은 일반 소비자들이 구별하기 힘들 정도이며 품질 또한 경우에 따라서는 복제품이 앞서가는 경우도 비일비재하다. 이미 포화상태를 넘어선 것이다. 명품 본사조차도 시장에 횡행한 복제품을 단속할 의지가 전혀 없어 보인다. 단속이 어렵다 하지만 관심 있는 소비자라면 누구나 복제품을 파는 곳을 알고 이를 살 수 있는 기회가 있다.

그러나 구체적인 피해 사실 입증으로 이런 시장의 문란을 피해야 하는 명품 회사들은 단속에 따로 비용을 책정하지 않는 것 같다. 오히려 자신들의 복제품이 더욱더 만연하기를 즐기고 있을지도 모른다. 이는 곧 가치의 상승이며 오럴 마케팅(oral marketing) 또는 섀도 마케팅(shadow marketing)처럼 여겨진다. 이처럼 본사와 복제시장과의 관계는 쉽게 파악하기 힘들다. 간혹 단속에 의해 일부 업자들이 처벌받기도 하지만 이런 현상도 일반인은 이해하기 어렵다. 그 많은 복제품 시장이 존재하는데 일 년에 불과 한두 명의 업자들과 물품을 압수한다고 한들 사막에서 바늘 찾기에 불과하기 때문이다.

특히 한국이나 동남아시아는 외국인 시장에 복제품을 내다 팔 의지가 높아 보인다. 어쩌면 외국인 유치 원인 중 하나이고, 시장의 형성과 발달은 소비 증진의 표식이며 조세수입의 증가로 이어지는 원치 않았던 선순환이 이루어짐으로써 구태여 본사조차 관심 갖지 않는 부분에 머리 아프게 끼어들 필요가 없는 것이다. 정작 지식재산권을 막강한 무기로 한때 동남아 개발도상국들에 막강한 영향력을 행사했던 미국 무역대표부(USTR)조차 형식상 으름장을 놓았지, 실력 행사는 용두사미에 불과했다. 세계 자본 국가의 중심 뉴욕, 뉴욕의 중심 맨해튼, 맨해튼의 중심 타임스퀘어나 브로드웨이에서조차 복제품을 길에서 파는 행위는 공공연히 일어나고 있고 눈을 돌리면 어디에서나 볼 수 있을 정도다. 아이러니하게도 경찰조차 이들을 단속할 의지가 없거나 단속하지 않고 있다.

결론적으로 명품이란 것은 내용물의 본질에 충실한 상품에 적절한 가격이 매겨진 것이라기보다 시대적 변화에 맞게 바뀌며 이익을 극대화할 수 있는 가치에 근거하여 많이 팔리도록 조장해 놓은 의도된 문화적 가치에 근거를 두었다는 것이 필자의 의견이다.

공항 면세점도
전략이 필요하다

필자는 항공사에 근무하는 승무원으로서 34년째 공항을 지나다녔다. 김포공항 시절에 비교하면 괄목상대할 만한 발전을 이루었고 진화된 모습이 역력하다. 외국의 경우는 더더욱 변화가 커 보인다. 1990년대 초 취항 당시 겨우 머리빗 또는 뱀이나 전갈 등을 넣고 담근 술을 팔던 호찌민이나 손으로 수놓은 손수건 또는 대리석으로 만든 인감용 도장을 팔던 중국의 면세점은 그 규모가 이미 한국을 능가하는 수준으로 덩치를 키웠다. 우리나라도 비약적인 발전과 변화를 시도한 모습이 역력하다. 그러나 속내를 들여다보면 실망을 금할 수 없다.

면세점의 목적은 한국을 찾는 외국인이나 내국인들이 해외로 나가면서 소비할 수 있는 최초이자 최종의 소비처다. 일반 시중보다 객

단가가 크므로 수익성이 높아 종종 황금알을 낳는 거위에 비유된다. 2015년 가을 면세점 사업자 재선정에서 탈락한 모 그룹은 치명상을 입었고, 선정된 모 그룹은 재활의 기틀을 마련할 정도로 그 중요성이나 수익원이 분명하다. 그러나 속내를 들여다보면 실망스럽기 그지없다. 정작 해외여행을 다녀온 내국인은 최근 다소 변화를 겪기는 했지만, 수십 년간 일본에서 전자제품을 사 왔고, 독일에서 고급 주방용품을 사 왔다. 미국에서는 의류를, 프랑스에서는 사치용 명품을 주저 없이 사 들고 들어왔다. 아마 단일 시간에 가장 많은 소비를 기록했을 것이다.

반면 한국에 들어오는 외국인들은 어떠한가? 주 방문객인 일본은 2000년을 넘어서며 서서히 퇴장하고 그 자리에 중국인들이 들어섰다. 1인당 소비는 일본이 훨씬 앞서지만, 인해전술로 묘사되는 중국인들은 규모의 구입에서 일본을 능가한다. 최근 일부 화장품 또는 밥솥 등이 인기가 있지만 여전히 한국에서의 주요 구입 물품 중 가장 선호도가 큰 것은 라면 종류나 구운 김 또는 과자 종류다. 비행기에서 근무하며 늘 한국을 떠나는 외국인들의 손에 라면과 김, 과자가 들려있는 것을 보면 가슴이 아프다. 고작 1만 원 내외의 물건을 낑낑대며 들고 오는 관광객들이 야속하기도 하다. 들어올 때는 나갈 때보다 훨씬 면세품 판매 규모가 크다. 전부 외국산 제품이다.

항공사는 이익이 생겨 좋긴 하지만 이익의 대부분이 외국으로 빠져나간다고 생각하면 가슴 아픈 일이 아닐 수 없다. 큰손으로 불리는 중국인들도 시내 면세점이나 공항 면세점에서 외국산 면세품 구입에 정신이 없다. 한국은 그냥 거간 노릇이나 하는 것 같고 종업원의 임금이나 자릿세 정도만 벌고 있다는 생각이다. 이익의 대부분을 제조사가 가져가는 것이 한국 공항 면세점의 현주소다. 공항 면세점에 의무적으로 세계 일류 제품 전시장 또는 판매장을 설치한다거나 우수 중소기업에서 제조된 물건들이 놓일 자리가 있으면 좋을 것이다.

철저한 시장 경쟁 원리에 따라 이익이 우선이라고는 하지만 정부 정책이나 리더십으로 내국 산업의 발전과 이익환수를 위한 노력이 부족한 것이 항상 아쉽다. 관광객은 꼭 품질이나 성능을 보고 구매하는 것이 아니라 이미 쓰고자 하는 규모의 예산을 가지고 충동적으로 구매하는 경우도 많다. 상품이 노출되면 구매로 이어지는 경우가 많은 것이다. 과거 술과 담배가 면세품의 일등 공신이었다면 최근에는 식품류, 과자류 등 저렴하면서도 지인들에게 줄 다량의 선물 용품이 압도적이다. 일본의 경우 출발 게이트 바로 앞까지 면세점이 위치하여

| 싱가포르 공항 면세점

형형색색의 모양과 종류로 식품, 먹거리 등이 빼곡히 진열되어 마지막 순간까지 여행객의 발목을 붙잡는다. 우리나라의 공항이 세계의 공항 평가에서 우수한 평가를 자주 받는다는 사실은 자랑스러운 일이다.

그러나 자본주의 국가의 이익 개념으로 볼 때 편리성보다 수익성이 먼저어야 한다는 생각이다. 쇼핑의 즐거움은 곧 관광객의 편리 개념으로 볼 수 있기 때문이다. 출국라인이 가장 간소화되어 출발 게이트까지 찾아가는 데는 인천이나 김포공항만큼 편리한 곳이 없다. 그러나 출국 동선의 마지막까지 수익을 내고자 하는 의지는 없어 보인다. 편리를 주고 수익을 포기한 것이다. 공항에서의 편리는 시내에서의 불편의 인식을 바꾸어 놓을 만큼 떠나는 관광객들에게 그리 중요한 것이 아니다. 그 수익으로 만들어진 예산을 오히려 시설의 확충, 고급화, 혜택 등으로 돌려놓으면 그것이 곧 편리가 아닐까 생각한다. 오늘도 공항에 도착하여 입국장을 향하는 벽면에 걸린 우중충한 의미 없는 사진들과 공항 활주로를 가리는 어설픈 창가의 장식들에 씁쓸함을 느끼며 발걸음을 옮긴다.

슬기로운
쇼핑의 기술

해외여행 천만 시대다. 경기가 아무리 어렵다 해도 여행의 시장은 점점 커진다. 저가 항공사들이 생겨나며 가격의 무한경쟁이 시작되었고, 그동안 해외여행을 일부 부유층의 전유물이라 여겨왔던 중산층 또는 저소득층조차도 달콤한 여행의 마력을 떨쳐낼 수 없다.

경기가 좋으면 여윳돈으로 여행을 즐기고자 하는 것이 인간의 당연한 심리겠지만 경기가 나쁜데도 여행이 증가하는 현상은 이해하기 어렵다. 과정이야 어쨌든 해외여행을 일단 내딛고 나면 그 다음은 쇼핑이 빠질 수 없다. 어떤 사람들은 관광에 치중하고, 어떤 사람들은 쇼핑에 치중한다. 그리고 다시 올 기회가 희박하다는 생각과 쇼핑이 조금이나마 비교우위 가격에 근거한 알뜰한 여행의 부분이라고 생각하여 여행경비 대비 구매비용이 높은 사람들로 있다. 그렇다면 쇼핑 방법에는 일반적으로 우리가 알고 있는 가격 깎기 외에 어떤 노하우가 있을까? 필자가 30여 년간 세계 시장을 돌면서 느낀 점은 어느 곳이나 사람 사는 곳은 비슷하다는 것이다.

환전의 기술

해외여행을 하면 반드시 해야 할 일이 환전이다. 출국 전 은행, 공항, 도착 공항, 호텔, 여행지 순으로 환전할 기회가 있다. 출국 전 환율 우대 등의 프로그램이 다양하므로 일단 해외의 목적지까지 도착하여 환전을 안 해왔거나 예상 금액 이상이 필요할 때 환전을 하게 된다. 우선 모든 공항은 도착지의 환율이 가장 높다. 그다음이 호텔이다. 호텔 역시 투숙객들이 쉽게 이용할 수 있는 만큼 이용료가 포함된 가격이라고 생각하면 된다. 다음은 시내 은행이나 환전소다. 환전이 필요한 경우 주거지 거래 은행에서 우대환율을 받아 환전하는 것이 공항보다 유리하다. 국가에 따라서는 여권을 요구하기도 하므로 여권을 소지하고 다니기보다는 핸드폰 등으로 찍어서 정보를 건네는 것이 여권 분실 등의 위험을 줄일 수 있다.

미국이나 유럽은 주로 은행에서 환전을 취급하지만 동남아시아의 국가들은 거리 곳곳에 환전소가 있다. 특히 시장 주변이나 쇼핑 거리들은 환전소가 길 건너면 있을 정도로 빼곡하다. 환전은 경우에 따라 국가 또는 어떤 조직에 의해서 운영되는데 고의적으로 한곳의 환율을 눈에 띄게 조정하여 환전을 유도하기도 한다. 분명 그들도 서로 가격을 점검하는 기능이 있을 텐데 상당히 차이가 나게 가격을 고집하는 경우는 의도된 환율이라고 보아야 한다. 환전소에 따라 좋은 환율을 적용하고 수수료를 책정하는 곳도 있으므로 돈을 주기 전 반드시 따져 봐야 한다. 일단 돈이 창구로 건너가면 돌려받기가 상당히 어렵다.

환율은 시장이나 쇼핑타운 가까운 곳이 가장 좋은 환율을 적용하는 편이다. 아마 시장에서의 구매를 높이기 위해 상인들과 협조 관계가 있을 것이다. 베트남의 경우 시장 근처의 금은방이 대부분 높은 환율을 적용해주며 태국의 경우 시장 근처나 유흥가 주변의 근처가 환율이 좋은 편이다. 홍콩의 경우 시장 입구나 다소 외진 곳이 의외로 환율이 좋다. 그리고 유럽의 경우 수수료가 부과되는 곳이 많기 때문에 반드시 확인해야 한다. 수수료 무료(commission free) 안내를 꼭 눈여겨봐야 한다.

환전은 고액권일수록 환전율이 좋다. 여러 사람이 10달러, 20달러, 30달러를 각각 교환하는 경우에 한 사람이 모아서 100달러로 환전하여 나누는 것이 유리하다. 혹시 고액권을 내고 소액권을 잔돈으로 받는 경우 조금이라도 찢긴 부분이 있으면 동남아시아 국가들의 경우 수취를 거부하는 경우가 많으므로 잔돈을 받을 때도 반드시 확인하고 깨끗한 돈으로 요구해야 한다. 구권도 혼용되지만 수취 거부되는 경우도 종종 있으므로 확인해야 한다.

원가 낮추기

미국, 유럽, 일본 등의 선진국은 가격정찰제로 디스카운트가 거의 없다고 봐야 한다. 할인을 요구하면 오히려 이상한 눈초리로 무시당할 수도 있다. 반면 중국, 동유럽, 중앙아시아, 동남아시아, 남아메리카 등의 국가들은 가격이 천차만별이다. 구매자는 상인의 원가가 궁금하겠지만 이를 아는 것은 불가능하다. 그래도 면밀하게 따져 들어가면 대략은 알아낼 수 있다. 흔히 판매자에게 "얼마예요?" 하고 물으면 구매자의 상황을 보고 적게는 20~30%에서 500%까지 덧붙여 부르기도 한다. 잘못 흥정하면 완전히 호구가 되는 것이다. 물론 구매자노 방어할 것이다. 상인이 무조건 부른 가격에서 각자의 소신대로 가격을 깎으며 흥정을 시작한다. 단, 여기서 주의할 점은 가격을 알아보고자 두세 군데를 방문해서 비교하는 것은 좋으나 가게마다 가격을 묻고 다니는 모습이 보이면 욕먹을 각오를 해야 한다. 해코지도 빈번히 일어나니 주의하기를 바란다.

다시 가격으로 돌아가, 판매자는 온종일 같은 질문을 하는 구매자에게 무료함을 느낀다. 자신의 최소 판매 희망가보다 적게 요구하는 사람에게는 시간 낭비라 생각하고 화를 내거나 대꾸도 않고 가보라고 한다. 예를 들어 사과 한 상자를 1만 원에 팔고자 하는데 구매자가 9천 원을 요구할 경우 성격 좋은 판매자라면 "손님, 그냥 가세요"라고 한마디로 잘라버린다. 반면 성격 나쁜 판매자는 어림없는 요구라며 화를 내거나 '당신이 9천 원에 가져오면 내가 트럭째 사버리겠다'는 등 욕설을 뱉기도 한다.

이때 그 가격에 살 수 없다고 판단하여 살짝 올려서 다시 제시하게 되면 살 의사가 있다고 보고 판매자도 적극성을 보인다. 조금씩 가격을 올리며 상인의 표정을 읽어야 한다. 상인이 전자계산기를 두드리는 모습이 보이면 무조건 그 가격에 살 수 있다는 의미로 해석해야 한다. 상인은 자신이 제시한 가격에서 아주 조금씩 내리며 판매를 유도할 것이다. 상인이 처음부터 가격이 그렇게는 안 된다 하며 조금 할인을 제시한다면 구매자가 처음 제시한 가격에 무조건 살 수 있다고 보아야 한다. 어차피 밀당을 각오하고 구매자가 제시한 최초 가격에 팔 의사를 갖고 덤비는 것이기 때문이다.

여러 명이 동일 상품을 구입할 때는 구매자가 더욱 유리하다. 상인은 대부분 몇 개를 살 것인지 묻는다. 그리고 다수 구매 시 할인 폭을 제시한다. 그러나 한 개를 흥정하고 다음 단계로 넘어가야 최대한 할인을 끌어낼 수 있다. 예를 들어 보조배터리 한 개를 처음 흥정해서 1개에 1만 원을 주기로 결정했다면 2개를 18,000원에 줄 수 있는지 흥정해 본다. 상인은 원가를 감안하여 1개를 파는 것이 유리한지, 2개를 할인해서 파는 게 유리한지 고민하고 결정한다(평균 가격 9천 원). 만약 상인이 좋다고 한다면 다시 3개를 24,000원에 줄 수 있는지 또 문의한다(평균 가격 8천 원). 결정은 상인의 몫이다. 흥정이 원활하게 진행된다면 4개를 28,000원에 살 수 있는지 물어본다(평균 가격 7천 원). 이런 식으로 가면 상인은 결국 마지막에 손을 들고 더 이상은 안 판다고 할 것이다. 이것이 최후의 가격이 된다. 대량 구입한다면 거기서 다시 한번 구입 가격을 흥정해 보겠지만 아마도 가격 변동은 더 이상 없을 것이다. 단, 반드시 구매 의사가 있을 경우에만 흥정을 시작해야 한다. 실컷 흥정해서 가격을 정했는데 마음이 변하여 구매를 안하겠다고 하면 봉변을 당할 수도 있고, 욕을 바가지로 들을 각오는 하고 나와야 한다.

이런 미시적인 과정은 증권이라는 거시적 시장경제에서도 종종 보게 된다. 소위 주식 구매패턴의 평균단가 낮추기다. 현재 주식 가격이 하락하는 기간에 보유 주식 수만큼 낮아진 가격에 신규 구입을 하게 됨으로써 총구매 평균 가격을 낮추어 상승 시 더 빠르게 이익 보전을 할 수 있다. 다만 시장경제의 일반적 거래에서 간과된 것은 판매자와 구매자 간의 자존심의 심리적 상황들이다. 때때로 판매자는 구매자의 구매 방법에 피로를 느껴 판매를 포기함으로써 자신의 자존심을 지키고자 하는 경우가 발생하고, 구매자 역시 할인 여부와 관계없이 절대 필수품이 아닌 이상 판매자의 행동 여부에 따라 구매를 포기하는 경우가 일반적이다. 따라서 상대방과의 심리적 거래도 금전적 거래 못지않게 중요하다는 것을 늘 염두에 두어야 하며 상호 간의 예절을 지키는 것은 거래금액만큼 중요한 수익요인이다.

위에서 언급한 사례는 구매자의 일방적 승리처럼 보인다. 그러나 구매자는 결국 판매자를 이기기 어렵다. 판매자는 구매자보다 많은 정보를 가지고 있고 거래에 더 능숙하기 때문이다.

구매 타이밍

그렇다면 아침, 점심, 저녁 중 언제가 상품을 구매하기에 좋은가? 모든 상인은 장사가 잘돼야 한다는 터부가 있다. 선진국은 대부분 종업원의 권리가 강해 상품을 사든 말든 신경 쓰지 않는 경우가 많다. 구매 타이밍은 별 차이가 없으나 주인이 직접 운영하는 곳들은 상당히 민감하다. 첫 거래가 성사되면 온종일 잘될 거라는 믿음이 강하다. 따라서 가게 문을 여는 시간 첫 거래 시 물건을 가장 저렴하게 살 수 있다. 주인은 이익이 없더라도 손해가 아니면 물건을 팔고자 한다. 또 가게를 닫는 마지막 시점도 노릴 만하다. 물건을 가지고 하룻밤을 넘기면 대부분 손해라고 여기기 때문이다. 소위 '떨이'라는 개념이다. 이 또한 이익이 없어도 기분 좋게 하나 더 팔고 싶은 상인의 심리를 이용한 것이다. 피해야 할 것은 바로 점심시간 직전이다. 배고프면 짜증이

나고 아직 시간이 충분하다고 판단하여 물건을 잘 안 파는 경향이 있다. 그리고 늦은 저녁 시간에는 피곤이 몰려오고 온종일 입씨름에 지친 시간이라 물건을 살 확률이 적은 사람과 실랑이를 벌이고 싶어 하지 않는다.

상인의 마음을 사버리기

동남아시아의 쇼핑은 사후 A/S 문제가 발생했을 때 증빙자료로 사용하기 위해 상인과 함께 셀카를 찍어두는 게 좋다. 동남아시아인은 사진 찍는 것을 좋아하기 때문에 그들의 비위를 맞추는 것이다. 또 돈을 건넬 때는 물건 위에 돈을 두들기고 돈을 건네면 피곤한 표정 위로 웃음이 빵 터진다. 이것은 돈 많이 버시라는 덕을 나눈다는 의미이기 때문이다. 한국에서 가지고 간 작은 선물이나 사탕 등 그들에게 생소한 것이라면 미리 건네는 것도 구매의 상술이다. 주는 사람은 밉지 않다는 말이 있다. 호의를 베풀면 상대방도 반드시 호의로 응하게 되어 있다.

짝퉁을 사는
심리 상태

H, L, C, G, R 등은 대표적인 고급 명품 브랜드이다. 필자가 말하고자 하는 것은 이들 기업의 규모, 매출, 이익, 범위 등을 기초로 한 계량적 기준이 아니다. 이들 명품의 복제상품, 즉 짝퉁의 이면을 들여다보고자 한다. 짝퉁은 누가 만들고 도대체 어떻게 진품과 동일할 수 있는 것인가. 심지어 진품보다 더 나은 디자인을 갖고 있는 제품들도 눈에 띈다.

필자는 명품은 유사 모조품인 소위 짝퉁이 많은 제품이라고 정의를 내려본 적이 있다. 어느 나라나 짝퉁은 시장에 범람한다. 특히 중국 광저우 시장, 태국 팟퐁 야시장, 베트남 빈탄 마켓, 인도네시아 바살바기, 터키 그랑 바자르 등 국가의 카피 상품을 주로 취급하는 시장에서 공공연히 모조품을 팔기 시작하며 브랜드 알리기에 적극적이게 되었

| 태국의 팟퐁 야시장

다. 오해를 방지하기 위해 이 모든 의견들은 전적으로 필자의 주관적 관점임을 밝힌다. 그렇다면 왜 자사의 상품들이 카피되도록 방치하는 것일까? 그리고 왜 그 손해를 감수하는 것일까? 가끔 뉴스에서 시내 모처를 급습하여 위조 상품을 대거 유통시킨 제조업체가 구속되었다는 소식을 듣는다.

그러나 그날조차 위조 상품은 버젓이 시내에 유통된다. 필자는 어떤 사람은 구속되고 어떤 사람은 구속이 되지 않는 것인지 무척 궁금했다. 가끔 이태원이나 명동 등 모조품 상점을 급습하여 시가 ○○억 원 상당의 압수물들이 방송에 나오는 것을 본 적이 있을 것이다. 그 많은 모조품 중에서 연간 한두 건 발견한 것이니 희소한 얘깃거리고 그러니 뉴스 거리가 된다는 생각이다. 단속 수사관의 인터뷰를 보면 은밀한 점조직 네트워크 때문에 단속이 무척 어렵다고 한다. 필자의 상상으로는 하루 수십 명의 업자들을 잡을 수 있을 것 같은 호기가 든다.

어떤 사람들은 모조 상품의 유통이나 제조에 관련되어 잡히는가 하면, 어떤 사람들은 수년간 버젓이 같은 곳에서 장사하기도 한다. 같은 구속이라도 피해자의 피해 사실에 대한 구체적 사실 확인이 본사로부터 있을 때 구속요건이 성립될 거라고 생각한다. 모조품 중에서는 본사의 이런 은밀한 의도가 연결되는 모조품과 그렇지 않은 모조품으로 소위 가짜 상품과 진짜 같은 가짜 상품으로 나눌 수 있다.

시장에는 정상적인 경로를 이용하는 합법적 시장(white market), 불법적인 경로를 통한 암시장(black market), 그리고 출처와 경로를 추적하기 어려운 회색시장(grey market)이 있다. 이 중 시장은 일반 소비자들이 접근하기가 어렵고 이해하기 어려운 시장이다. 토끼를 잡기 위해선 토끼 굴에 불을 때서 연기가 가득하게 피운 후 견디지 못하고 토끼가 뛰쳐나오도록 해야 한다. 명품 역시 이들을 구매할 수 있는 사람들은 어느 나라를 막론하고 상위 1% 또는 0.1%밖에 안 될 것이다. 이들을 위하여 명품 회사들이 막대한 광고비나 판촉을 할 필요는 없다. 이들의 동선은 극히 은밀하고 조용하여 흔한 길거리나 대중교통이 범람하는 도시의 일상적 풍경과는 다소 떨어져 있다. 많은 사람들이 지대한 관심으로 모조품으로 대리만족을 느끼는 타이밍에 선민의식과 차별화된 품격으로 보이고자 하는 욕구가 극에 달할 때 구매욕구가 일어난다. 그리고 이것은 판매실적으로 이어진다.

소위 "난 가짜 같은 것은 하지 않는 명품족이야"라는 말을 자신 있게 할 수 있는 시기가 무르익어야 구매한다는 것이다. 그러기 위해서는 모조품이 여기저기 판을 치는 뜨거운 시점이 되어야 하므로 이런 분위기를 만드는 것이 회색시장에서 명품회사들이 은밀히 작업을 진행해야 하는 이유라고 생각한다. 이런 글이 명품회사로부터 비난받고 문제 제기를 당할 수 있는 이슈가 될 거라 생각하지만 거듭 필자의 개인적 판단이고 상상임을 밝혀둔다.

묘하게 이상한 것은 명품 중에서도 기존의 강자인 명품 회사들의 모조품은 품질이 쉽게 변하거나 고장이 나는 등 품질보다는 디자인에 치중한다. 후발주자인 명품 회사나 명품으로 가고자 하는 인지도 높은 기업들의 제품은 품질이 훨씬 우수하여 사용하는 데 지장이 없을 정도로 우수하다고 생각한다. 과연 우연의 일치였을까? 한두 번이라면 우연이라 하겠지만 여러 번의 반복된 학습효과로부터의 기억은 진실의 모습이었다고 상상한다.

선물은
진심에서 시작된다

　우리는 누군가와 직접적이든 간접적이든 교류하며 지낸다. 자신의 직업이나 신분에 따라 그 영역이 다르기는 하지만 끊임없이 누군가에게 도움을 주기도 하고, 받기도 하며 살아간다. 특히 신세를 진 경우나 잘 보이기 위한 목적으로 선물을 주고받기도 한다. 여기에도 규칙이 작동하는 것 같다. 규칙은 누구라도 일방적으로 주는 것에 익숙해 있지 않고 받기만 하는 것도 있을 수 없는 일이다. 얼핏 생각하면 주기보다는 받는 것이 이익일 듯하다.

　'퍼줘서 손해보는 장사 없다'라는 말이 있다. 맞는 말이다. 선물은 물건의 가격보다 마음의 가격이 더 중요하다. 부모가 자식에게 선물로 사주는 이어버드보다는 자식이 부모에게 써준 한 통의 편지나, 고사리 같은 손으로 정성스레 그린 엄마, 아빠의 그림 한 장이 더 감동을 준다. 직장이나 교우관계에서도 마찬가지다. 누군가에게 선물을 받게 되면 나도 해주어야 한다는 생각이 드는 것은 자연스럽다. 상대방이 내게 먼저 배려해 준 마음이 느껴져 등가 가격의 선물로 보답한다면 다소 얌체 같다는 생각에 조금 더 비싸거나 좋은 것으로 주어야 한다고 생각하는 게 자연스러울 것 같다. 선물이란 누군가에게 먼저 준다면 물건의 가치와 더불어 마음의 가치까지 주게 된 것이므로 훨씬 무겁게 느껴지는 법이다. 아마도 분명히 상대방도 똑같이 선물을 주게 될 것이고, 고맙다는 마음과 말까지 더해서 돌아올 것이다. 오랫동안 관계를 맺어야 할 가까운 사람들에게 먼저 선물을 하는 것은 최고의 투자 중 하나라고 본다.

한 가지 특별한 경험의 에피소드가 있다. 언젠가 필자는 뉴욕행 비행기에 근무 중이었다. 퍼스트 클래스에는 두 커플이 탑승했는데 연로한 외국인들이었고, 지인들과 함께 여행을 다녀오는 길인 듯했다. 또한 위층에 위치한 비즈니스 클래스에는 역시 이들 부부의 아들, 딸이 각각 한 명씩 탑승해 있었다. 노부부는 70대로 보였고, 자녀들은 약 40대로 보이는 엘리트 같았다.

태평양을 건너는 중간쯤에 모두 수면에 들어갔는데 비즈니스석에 탄 아들과 딸이 슬며시 내려와 승무원에게 부모님 자리에 가고 싶다는 말을 전해왔다. 내일이 어머니의 날(Mother's Day)이므로 선물을 드리고 싶다는 것이었다. 퍼스트 클래스는 쾌적한 분위기를 위해 일반인의 접근을 원칙적으로 제한하는 내부 규칙이 있다. 살짝 들여다보니 영화를 감상하는 중이라 조용히 다가가 이야기를 전했다. 흔쾌히 자녀들을 보겠다고 해서 에스코트하여 만나도록 했다. 근무하던 직원들은 함께 따뜻한 분위기와 그들의 선물에 대한 궁금증으로 지켜

보았다.

3A에 앉아 있던 노부부의 아들은 허리춤에서 불쑥 내민 선물을 전했다. 포장은 뉴욕 34번가, 미국에서 가장 크다는 유명한 MACY 백화점의 포장으로 고급스러운 내용물이 기대되었다. 두근두근 조심스럽게 포장을 뜯은 어머니는 깜짝 놀라며 "Oh my goodness, Thank you my son(어머나, 고마워 아들)"이라고 하며 그 큰 어깨를 끌어안고 포옹과 뽀뽀를 해주었다. 그러면서 옆자리에서 지켜보던 아버지에게도 자랑스럽게 보여주며 기뻐했다. 직원들은 3미터 남짓 거리에서 지켜보며 노란색 금빛이 반짝이는 모습을 보며 금붙이를 연상했고, 역시 부자들은 선물 사이즈가 다르다며 감탄했다. 그러나 잠시 후 노란 포장은 껍질로 변하고 안에 들어있던 초콜릿을 꺼내 입에 넣는 것이 아닌가! 필자와 직원들은 모두 깜짝 놀랐다. 그것은 다름 아닌 F 사의 탁구공만 한 크기의 초콜릿 6개가 들어있는 작은 상자에 불과했기 때문이다. 흠, 선물이 겨우 초콜릿이라니.

적잖이 당황해 어리둥절해 하고 있는 가운데 또 다른 커플 손님이 앉아있는 2K에 다가선 딸 역시 납작한 선물을 주었고, 이내 벗겨진 포장 속에는 CD 한 장이 딸랑 있었다. 우리네 관습과 상상으로는 선물이 너무 약하고 값싼 것이어서 어이가 없을 뿐이었다. 역시 서로를 끌어안고 감사하고 만족해하며 사랑으로 넘실거리는 퍼스트 클래스의 장면은 필자의 뇌리 속에 깊이 파고들어 각인이 되어버렸다. 아들과 딸이 제자리로 돌아간 뒤 필자와 승무원들은 잠시 정적이 흐르고 우리가 상상했던 선물이 너무나 사소한 것이라는 생각에 자괴감을 느끼며 진지한 대화를 나누었다.

나중에 물어보니 자녀들을 각각 뉴욕의 변호사와 엔지니어로 나름

고소득자들이었다. 그런 그들이 불과 1만 원이 채 안 되는 선물을 한다는 것이 우리를 돌아보게 했다. 이후 필자는 부모님의 생신이나 크리스마스 등 특별한 선물이 필요할 때 절대 현금으로 드리는 경우는 없었다. 현금이 노인들에게 최고라고는 하지만 선물과 용돈은 성격이 다르다. 굳이 용돈을 드린다면 전날이나 다음 날 드려도 된다. 선물의 의미는 상대방에 대한 관심과 기호를 유심히 연구하고 지켜봄으로써 당신에게 충분히 관심이 있다는 호의를 드리는 것이다. 바쁜 변호사와 엔지니어가 부모님이 어떤 초콜릿을 좋아하는지, 어떤 음악을 즐겨 듣는지 오랫동안 지켜본 것은 훨씬 더 큰 의미가 있을 것이다. 이제부터라도 부모님 또는 가족에게 선물을 할 기회가 있다면 돈보다는 정성 가득한 선물이 담기도록 해보면 어떨까? 기왕 드릴 돈은 그다음 날 드려도 되는 것이니 말이다.

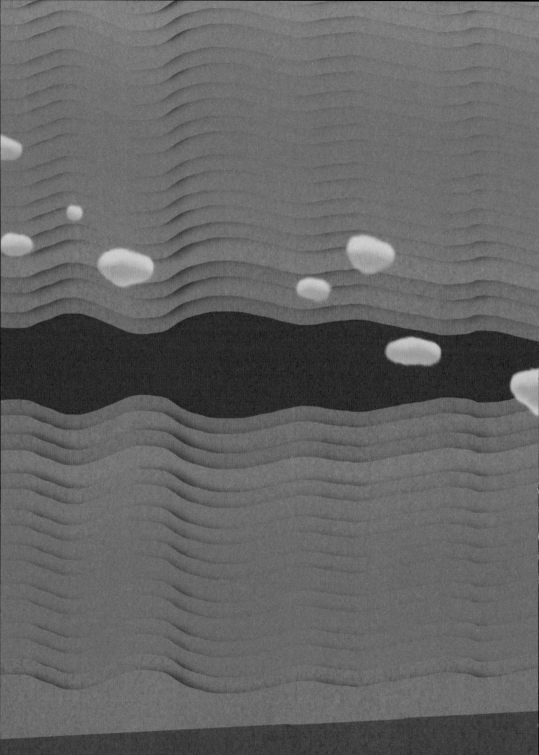

4장

건강이 있어야 금수강산
유람도 가능하다

다이어트와 운동의
미묘한 차이

국가는 선진국으로 발전하면서 점점 비만 인구가 증가한다. 이것은 극히 자연스러운 현상이다. 엥겔계수가 대표하듯 선진국과 후진국의 차이라면 가장 일차적으로 먹고사는 문제가 가장 도드라진다. 선진국은 패스트푸드가 도처에 산재해 있고 이를 취식하기 위해 이동할 수 있는 교통이나 이동 경로가 용이하도록 설계되어 있다. 또한 일정 규모 이상의 프랜차이즈에 가면 기초적인 주메뉴를 제외하곤 부대적인 것들은 자율적으로 사용할 수 있도록 설계되어 있다.

반면 후진국은 선택의 여지가 별로 없다. 그저 먹을 수 있는 것에 감사할 따름이다. 언제부터인가 선진국은 지난 인류 역사 수만 년 동안 고민해 보지 못했던 새로운 고민을 시작했다. 과거 호모사피엔스 이후 인류는 늘 아침에 일어나면서 오늘도 무언가를 먹을 수 있을까 하는 걱정이 앞섰다. 그러나 산업혁명이 이루어지고 대량생산이 되면서 반복과 새로운 혼돈을 거쳐 평화를 정착하는 단계인 전쟁이라는 역사의 필터를 거치게 된다. 제2차 세계대전 이후 점차 안정되기 시작한 세계 경제는 'Can we eat something today?'라는 질문에서 'What shall we eat this morning?'이라는 질문으로 옮겨 갔다.

물자는 넘쳐나고 공급선은 사람이 거주하는 거의 모든 곳에 있으며, 심지어 이동하기 불편한 사람들을 위한 배달(home delivery)이 일상화되었다. 심지어 해운대 모래사장에 숨어있는 사람들조차 음식을 취식할 수 있다. 인간은 먹는다. 먹는 것은 에너지를 만들기 위한 인체의 자연스러운 현상이다. 에너지는 기초대사를 위한 최소한의 사용에너지부터 운동에너지, 생각에너지, 기억에너지까지 다양하다. 가장 간단한 공식은 '투입량-사용량=재고'이다. 일반 성인 남자 기준 하루 약 2,500~3,000cal, 여자 약 2,000~2,500cal의 에너지가 소모되는데 이보다 많이 취식하게 되면 체내에 축적되고, 모자라면 기존에 몸에 축적된 에너지를 사용하여 대체하게 된다. 약 200개 이상의 뼛조각과 근육조직은 모두 각각의 역할이 있다. 신은 불필요한 것들은 어디에도 심어놓지 않으신 듯하다.

과거 수만, 수천 년 동안 인류는 지금보다 힘든 환경에 있었다. 더 걸어야 했고 더 무거운 것을 날라야 했으며, 더 허리를 굽혀 어떤 일이든 해야 했다. 그러나 지금의 인류는 기계가 손을 대신해 주고 운송수단이 다리를 대신해 주며, 심지어 메시지 기능이 말하는 에너지 소모조차 대신해 주며 현대인을 약화시키고 있다. 서서히 스러져 가는 인류의 모습을 스스로 보지 못함에 아쉽기만 하다. 차가운 물에 개구리를 넣고 냄비를 서서히 달궈주면 개구리는 물이 따뜻해지는 변화를 감지하지 못해 자신도 모르게 죽어간다. 그러나 처음부터 따뜻한 물에 넣는다면 당장에 튀어나오게 될 것이다.

우리 인류는 서서히 자신도 모르게 현실에 적응해 가고 있다. 그나마 그런 자신을 인식하고 벗어나기 위한 일련의 행동이 운동이다. 운동 이전에 먼저 다이이트부터 정의해 보기로 한다. 다이어트는 체중을 줄이는 행동이다. 체중은 식사량을 줄이면서 조절할 수 있다. 운동량을 늘려 취식 되는 에너지양보다 사용하는 에너지양이 많으면 몸의 에너지를 사용하게 되므로 체중이 줄어들게 된다. 그런데 전자의 경우는 가장 빠른 반응을 보이지만 단 한 번 이상 지속적으로 사용할 수 없다는 단점이 있다.

인간의 위는 약 2L 이상의 액체로 채워진다. 사람은 한 끼를 굶으면 허기지고, 두 끼를 굶으면 밥 생각에 집착하게 되며, 세 끼를 굶으면 먹을 것만 생각하게 된다. 이틀을 굶으면 에너지를 얻기 위한 본능으로 어떤 행동도 마다하지 않게 된다고 한다. 1~2번의 식사를 거르게 되면 당장 하루 안에 약 1킬로그램을 줄일 수는 있지만 그 이후는 어떻게 할 것인가? 매일 이렇게 배고픈 상태로 지낸다고 하더라도 어차피 0킬로그램 이하로는 더 줄일 수 없다. 사는 게 사는 것이 아니게 된다. 삶 자체가 고통스러워지고 불편한 신체는 올바르지 못한 정신 상태를 유지하게 되어 스트레스나 폭력적인 성향으로 변하기 쉽다. 불변의 진리 같은 운동으로 다이어트를 하지 않으면 안 된다. 기존과 같이 동일한 식사량을 유지하면서 사용하는 에너지가 높아지면서 몸은 더 높은 에너지를 요구하게 되고 체내에 축적된 각종 지방, 단백질, 탄수화물 등의 구성인자들이 활발히 활동하면서 녹아 든다.

그러면서 체중이 감소하게 되는 것이다. 운동은 운동하는 방법이나 시간에 따라 크게 차이가 난다. 우리 몸은 뼈가 있고 그 위를 근육이 덮고 있으며 지방이 근육을 둘러싸고 마지막으로 피부가 이를 보호하고 있다. 피부 아래에는 수분이 모든 신체를 살아있게 하기 위해 끊임없이 혈액을 공급한다. 몸이 움직이기 시작하고 기초대사 이상의 동작을 시작하게 되면 혈액순환이 빨라지고 마치 걸려있는 빨래보다 움직이는 빨래가 증발이 빠르듯 몸에서는 열이 나고 땀이 발생되어 수분이 증발한다. 일정 수분이 증발하고 나면 지방이 타면서 체중이 감소한다. 문제는 보통사람들이 이런 신체의 일련의 과정을 정확히 인식하지 못하여 땀을 흘리는 1차 조절기 때 피로를 느껴 운동을 멈추게 된다는 것이다.

흔히 공원을 산책하거나 간단한 스트레칭을 하게 되면 몸이 뜨거워지기 시작한다. 땀이 나고 처음 흐르던 땀은 일정량 수분 보충 없이 지속적으로 흐르게 되면 활동이 현저히 줄어든다. 이 시점이 1차 조절기인데 열심히 노력했는데도 살이 안 빠진다고 불평하는 사람들은 대부분 여기서 운동을 멈춘다. 왜냐하면 여기까지는 상쾌한 기분으로 올 수 있었을 것이다. 내 몸에서 수분이 빠져나가며 몸이 가벼워지는 느낌이 순간적으로 들게 된다. 이런 기분으로 기분 좋게 냉수나 이온 음료 등으로 부족한 수분을 채운다.

우리 몸은 모든 출입구를 통해 들어오고 나가는 활동에 쾌감을 갖도록 반응한다. 재채기를 하면 시원하고, 방귀를 뀌어도 시원함을 느끼고, 귀지를 덜어내도 시원하다. 소변이나 용변으로도 쾌감을 느끼게 되며 이성과의 관계를 통해 느낄 수 있는 최고의 쾌감을 만끽한다. 반면 몸으로 들어오는 것도 만만치 않다. 입으로 넣는 행위는 태어나면서부터 젖을 빠는 아기의 본능에서 시작되어 취식과 섹스에 자연

| 태권도 수련 중

스럽게 이용된다. 몸에서 빠져버린 수분은 탈수현상을 일으키고 물을 마시며 순간적으로 비워진 자리를 채우는 과정에서 쾌감과 시원함을 동시에 느낀다. 그러니 운동해서 빠져버린 수분을 다시 마셔서 채운다면 체중은 변화가 없게 된다. 대부분의 체중조절에 실패하는 운동족들이 여기에 속한다.

그럼 지금부터 본격적으로 살과의 한판 대결을 벌여본다. 앞서 말한 수분 증발의 1차 조절기를 지나면 체내의 지방이 타면서 에너지를 만드는 2차 조절기가 찾아온다. 일정 시간 또는 일정 강도의 운동을 하고 난 후 나름대로 독한 목표를 세웠거나 생계를 위해 어쩔 수 없이 정신적으로 이겨내야 하거나 또는 습관적으로 자학적인 성향에 동일한 행위를 반복하는 스타일이거나 상관없이 이런 사람들은 투입에너지(90)-운동에너지(100)=-10이라는 체중감소 효과가 나타나게 된다. 땀을 흘리고나면 진땀이 흘러내리고 지방이 녹으며 열을 내기 시작하고 끈적한 땀이 몸에 배게 된다.

이 동작과 시간을 얼마나 유지하는가에 따라 살을 빼는 차이가 나게 된다. 지방은 몸에 붙어있는 것임과 동시에 내 살이다. 뛰면서 또는 몸을 털어주는 기계로 일시적으로 미흡하나마 체중을 덜어낼 수는 있지만 그 어느 것도 궁극적으로 체중을 줄일 수는 없다. 결국 체중은 나 자신과의 싸움에서 스스로 가혹하여야만 하고 이를 이겨내야만 하는 과정이다. 결코 기분 좋게 살을 뺄 수는 없는 법이다. 뚜렷한 목표나 집념 없이 살을 이길 수 없다. 그러니 덜 먹고 안 먹으며 살을 빼고자 하는 사람은 기초대사의 운동에너지조차 부족하여 운동을 시작하는 것도 버거울 것이다. 나 자신이 나를 이기지 못하고서는 어떤 대체물로도 나의 살을 빼 줄 수 없다. 인위적인 기술이나 시술에 의한 행위는 결국 나의 균형과 적응 본능을 망가뜨려 놓음으로써 건강을 해치게 된다는 사실을 유념해야 한다.

영양에 대한 오해

　다이어트 방법 중 황제 다이어트가 있다. 마음껏 먹으면서 살을 빼는 것이다. 한때 유행했던 소고기 다이어트, 바나나 다이어트, 고구마 다이어트, 닭가슴살 다이어트, 과일 다이어트 등. 이들의 공통점은 한 가지만 지속적으로 먹는다는 것이다. 그렇다. 우리 몸은 구성하는 데 각종 영양소와 미네랄을 필요로 한다. 뼈는 칼슘을, 근육은 단백질을, 열량은 지방을, 그리고 각종 기능은 비타민 등을 필요로 한다.

　그런데 일부 영양학자들은 한 가지만 취식하게 되면 편중된 영양 불균형으로 신체의 밸런스가 무너져 건강을 해치기 쉽다고 한다. 그러나 다소 억측인 부분이 보이고 검증하기 어려우며 객관성이 결여된다. 과거 인류는 이동 수단과 힘의 논리 때문에 대부분 고착된 지역에서 살아왔다. 어쩌면 그 아버지의 아버지에서 수백, 수십 년이 되었을

지도 모른다. 그들은 대부분 자신의 지역에서 가장 획득하기 쉬운 영양 공급원을 찾아왔다. 그리고 채집, 획득, 포획, 배양, 농경 등 여러 방법으로 영양공급원을 유지하였다. 단편적으로 추론하더라도 내륙 지방은 내륙의 농사나 채집 가능한 식물성 또는 가축으로 영양공급에 주력했을 것이 확연하고 해안가의 사람들은 어획이나 채집 등으로 주로 해산물에 의존했을 것이다.

18~19세기 방적기나 증기기관이 발명되면서 촉발된 산업혁명 이후 증기기관차, 증기선, 철도 등의 비약적인 발전은 고립형, 자립형 민족들에게 이주를 허락하게 되었다. 이에 따라 음식을 구하기 위하여 끝없는 대지를 방랑하던 민족은 한 자리에서 필요한 물품을 공급받을 수 있어 이동하지 않아도 되었다. 서로는 또 다른 서로에게 이익이 되거나 필요한 물품을 주고받을 수 있었고, 비약적인 경제학적 개념이 도입되게 된다. 이로 인해서 지난 수억, 수천, 수백 년간 이어 왔을 수 있는 민족의 식탁은 순식간에 바뀌었다. 채식만 먹던 민족은 육식과 해산물을 먹을 수 있게 되었고, 반대의 경우 풍부하고 다양한 채식을 공급받을 수 있게 되었다. 이런 것을 두고 영양학자들은 다양한 에너지원의 제공이라고 한다. 필자는 의사도 아니고 영양학자도 아니며 특별한 계층이나 직업을 비하할 의도는 전혀 없다. 다만 소신 있는 생각을 글로 표현함에 상처를 받게 되는 사람들이 있다면 이 자리를 빌어 심심한 사과의 말씀을 드린다.

그렇다면 관계형 거리가 가까워진 100~200년 이전에는 대부분 동일한 지역에서 동일한 영양공급을 받아왔을 것이다. 인간은 영양공급에 의하여 외모나 체형, 피부, 털, 밀도 등이 다르게 성장한다. 대부분 잘 먹는 사람들은 못 먹는 사람들보다 크고 힘이 세며 골밀도도 높을 확률이 높다. 다만 여기에는 전제가 있다. 잘 먹는다는 것이 비싸거나 싸다는 경제적 가치는 최근 부여된 것이며 희소성에 기인한 것이므로 영양학 관점에서 제외한다. 또 잘 먹는다는 개념이 취식의 총질량 면에서 상대적으로 높은 수치라면 이것도 제외해야 한다.

가령 소고기 1인분과 과일 한 개를 먹은 사람과 여러 풀을 모아 샐러드와 마른 과일을 만들어 먹은 사람 중 누가 영양이 풍부할까? 단 샐러드는 가격에 기인한 1인분 개념을 포기하고 소고기 1인분 질량에 준하는 양이어야 하는 만큼 상당히 커다란 접시에 담아야 할 것으로 보인다. 또 마른 과일은 수분이 적기 때문에 갓 딴 복숭아 하나보다는 약 20개의 마른 과일 모음이 질량 면에서 동일하다 할 수 있다. 이런 비교는 쉽지 않다. 어떻게 보면 신의 영역으로 보인다. 얼핏 보기에는 다양한 채식을 골고루 풍성히 먹고 마른 과일을 먹은 사람이 영양가 있어 보이기도 하겠지만 비교는 불가능에 가까워 보인다.

어떤 민족은 수천 년간 이런 고기를 낙농 하거나 사냥하여 먹었을 것이고, 어떤 민족은 채소를 채집하거나 길러서 먹어왔을 것이다. 인간은 대개 비슷한 유전자와 비슷한 내분비 기능, 체력을 가지고 있다. 이런 크기가 고려되는 것은 아마도 지구 중력의 법칙 때문에 유사한 크기로 이어지고 있지 않을까. 여하튼 만약에 고기가 인간에 좋은 것이라고 주장한다면 고기를 풍부하게 먹을 수 있었던 민족은 남들보다 훨씬 힘이 세고 컸을 것이며, 채소가 몸에 좋을 것이라고 주장한다면 채소를 먹는 민족이 잔병치레를 덜 하고 장수하는 등 확연한 차이가 있어야 할 것이다. 그래서 오늘날 국가 간의 올림픽 게임 등에서 우수한 민족은 늘 특별한 종목이나 전체에서 우승을 차지하여야 하며, 열악한 민족은 언제나 같은 종목에서 우승할 기회가 없어야 할 것이다.

혹자가 미국이나 중국의 게임 우월성을 주장한다면 그것은 이민이나 기술적 진보로 인한 지원시스템과 인구 대비 선발확률을 고려하면 별로 새로운 것이 없다는 결론을 내릴 수 있다. 다시 말하면 산간벽지에서 수천 년간 고랭지 배추, 옥수수, 감자 등 채소와 구황식물을 먹고 지낸 사람들과 바닷가에 살며 늘 해산물을 밥상에서 빼놓지 않고 먹어온 강원도, 전라도 사람들은 확연하게 차이가 나야 하고, 강원도 사람들이 피부가 전라도 사람들에 비해 더 좋든지, 호두가 풍성한 충청도 사람들이 항상 더 총명하든지, 어족이 풍부한 동남해의 경상도 사람들이 등 푸른 생선으로 인해 체력이 더 좋든지 결과가 있어야 한다. 그러나 명동 한복판 길거리에서 당신과 당신이 강원도 출신일 것이며 전라도, 경상도 출신일 것이라고 구별해 내는 것은 불가능하다. 불과 2~3대에 걸쳐 바뀐 식생활로 인해 DNA 자체가 바뀌지는 않았을 것이기 때문이다.

흔히 방송이나 소문에 어떤 음식을 먹으면 어디에 좋다는 말들은 근거가 희박하다. 돈이 만들어지면서 인간은 돈을 구하기 위해서 어떤 말들도 지어내는 것을 서슴지 않기 때문이다. 어부가 생선을 많이 잡아, 시간이 지나 상해간다면 이를 필요로 하는 사람들에게 이것이 정력에 좋기 때문에 당신이 많이 사야 한다는 논리를 펴게 된다. 올해 수확한 양파나 마늘, 파프리카가 창고에 넘치게 된다면 역시 이를 많이 섭취해야 피부가 좋아지고 노화가 방지된다고 소문을 내게 될 것이다. 지난 수천 년간 인간이 취식하여 특별한 이상이 없었던 것으로 보아 몸에 나쁘기보다는 좋은 기능이 더 많았을 것이란 점은 인정한다. 다만 특별한 음식이 특별한 기능을 발휘한다는 것은 다소 지나친 억측일 것이다.

허준의 『동의보감』을 보면 오랫동안 한 가지 약초나 음식을 지속적으로 사용하며 관찰한 결과적 자료는 나름대로 깊은 감명과 가치가 충분하다. 그러나 다른 음식에는 또 다른 성분이 들어 있을 것인데 대부분의 경우처럼 함께 섭취할 경우 화학적 반응으로 인체에 유해할 수도 있지 않을까. 같은 양과 같은 방법으로 취식한다고 해도 혈액형이 다르므로 다른 반응과 효과가 나타나게 될 것이다. 늘 같은 음식으로 식사하는 가족의 밥상에서도 비만인 사람과 약골인 사람이 나타나게 된다.

인간의 몸은 오묘하다. 의학으로 정복되기에는 너무나 요원하고 과연 가능할까 하는 의문은 늘 있었다. 한 가지 음식에 집착한다고 해도 우리 몸은 스마트 자정 기능을 통해 필요한 지방, 단백질, 탄수화물, 미네랄, 무기질 등을 자체 통제하거나 생성하고 제어하여 생체리듬의 밸런스를 갖추도록 움직인다. 이런 현상은 일 년 내내 라면을 좋아해서 라면을 즐기거나 고기 킬러, 냉면 킬러, 칼국수 킬러, 생선회 킬러, 빵 킬러 등 다양한 패턴으로 음식을 즐기는 사람들이 만나 서로가 어떤 음식의 킬러인지 알 수 없다. 또한 대부분 이들은 비슷한 운동을 하며 비슷한 체력을 유지하고 비슷한 성격과 비슷한 건강 상태를 유지하며 살고 있다.

결국 중요한 것은 하루에 사용될 에너지 소모를 적정하게 유지하기 위한 에너지원의 섭취가 가장 핵심이다. 무엇을 먹든지 자신이 원하는 음식을 맛있게 먹는다면 우리 몸속에 들어있는 신비한 스마트 기능을 백분 활용하는 멋진 삶이 되지 않을까? 그 좋다는 비타민 하나 평생 제대로 먹어본 적 없는 필자는 지금도 나이에 비해 아주 건강한 생활을 하고 있다. 50세가 넘을 때까지 태권도 선수로 뛰었을 만큼 자신 있게 사는 비결은 먹고 싶은 것을 과식하지 않고 아무 때나 부담 없이 가리지 않고 먹는다는 것이다. 필자는 필자의 몸속에 들어있는 Human Smart Controller를 절대 신봉하는 바다.

24

음식에 대한 오해

음식을 먹으며 우리가 놓치고 있는 것들이 있다. 아마도 주변에서 늘 느끼는 것이겠지만 좋고 나쁨을 꾸준히 따지는 사람들이 있다. 혹자는 진실성에 혹자는 상업성에 의도를 두고 주장을 편다. 이런 현상은 비단 시장뿐 아니라 가정에서도 매일 발생한다. 예를 들어 식사 후 과일을 먹으며 주부나 가장은 어렵게 살림을 꾸리느라 귀하게 여길 것이다. 그런 과일을 듬성듬성 칼로 깎아 먹고자 한다면 뭐라고 할까? 가장 흔한 말은 사과껍질에 비타민이 더 많이 들어있으니 껍질째 먹는 것이 좋다는 말일 것이다. 그럴 수도 있겠다. 그러나 분명 까칠한 느낌이 좋을 리 없다. 아마도 사과의 낭비가 아까워 만들어진 의도가 더욱 컸을 것이다. 설령 껍질에 숨은 비타민을 포기한다고 해도 깎고 난 사과를 먹는 것으로 충분한 보충을 받았으리라 믿는다.

지금은 먹고 살 만하지만 불과 20~30년 전까지만 해도 모든 서민의 살림이 그리 넉넉하지 않았다. 지금의 우리 할머니, 할아버지들은 육상과 해상운송이 원활하지 않은 시대에 살았으므로 생선이나 고기가 귀한 시대를 살아오셨다. 그래서 어린 손자들이 생선을 먹을 때 몸통 전체의 3분의 1을 차지하는 머리를 버리는 것을 아까워해서 어두육미(魚頭肉尾)라고 강조하며 생선 머리를 함부로 버리지 않도록 근검을 가르치고 싶었던 것이다. 고급 일식집에 가면 단골에게 주방장이 손수 턱살이나 볼살, 눈물주 등 참치 부속물들을 들고 들어온다. 이것들 또한 전체 부위에서 소량밖에 나오지 않고 버리기 아까운 부위라고 생각되어 스토리를 만들었다는 생각이다. 누구나 먹기 쉽고 부드러운 살코기를 원하지, 맛이 더 있다고 해서 어렵사리 머리를 발라 먹고 싶어 하지는 않을 것이다. 지금도 비싼 생선일수록 자식들에게 살코기를 먹이고 스스로는 머리 부분의 작은 살점 하나씩을 떼어먹는 어머님의 모습에서 사실이 아닌 사랑이 숨어 있음을 느낀다.

　자고로 한여름철 풍성한 과일 중 벌레 먹은 복숭아를 먹으면 미인이 된다고 한다. 사실일까? 아마도 복숭아를 어렵게 수확한 농부의 입장에서 팔리지 않는 복숭아를 팔기 위해서 만들어낸 사실일 것이다. 그러나 한편으로는 벌레조차도 기왕이면 맛있고 당도 높은 복숭아에 자리를 트는 것이 자연의 법칙일 것이라는 합리성 때문에 확률상 맛있을 가능성이 높다고 생각한다. 이런 왜곡은 한겨울에도 여지없이 살아 숨쉰다. 노란 은행잎이 떨어질 때면 가로수 곳곳에 심한 구린내와 함께 떨어진 은행은 예로부터 피를 맑게 해준다는 징코의 대명사로 불렸다. 은행은 구하기보다는 손질해서 상품화하는 것이 까다로워 다소 가격이 비싼 편이다. 각종 요리에 넣기도 하고 겨울 난로나 화롯

불에 구워 옹기종기 손주들과 모여 앉아 옛날이야기를 해주며 할아버지가 까주는 것이 최고의 맛이다.

그런데 그렇게 맛있고 운치 있는 은행을 구워 뜨거운 껍질을 까기란 쉬운 일이 아니다. 그래서 손주들에게 하루 10알 이상을 먹으면 오히려 몸에 안 좋으니 조금만 먹으라 했을 것이다. 결국 맛있어 한꺼번에 겨우내 먹고 싶은 은행을 먹어 치워 버릴까 걱정이 되어 아끼려고 한 말들이 건강을 볼모로 만들어진 얘기가 아닐까? 그런 불편한 진실들은 우리 생활 어디에나 있다. 장어를 먹으면 남자의 기력이 좋아져 아이가 잘 생긴다거나, 호두가 뇌처럼 생겨 호두를 많이 먹으면 치매를 예방하고 아이들은 두뇌가 좋아진다거나, 사골이나 도가니를 달여 먹으면 노인들 골다공증을 예방한다고 하는 말들은 사실 근거가 없다. 다만 건강에 집착한 사람들이 그렇게라도 믿어보고 싶어 했던 것이 아닐까 생각한다.

유명한 TV 프로그램 중 전국 각지를 돌며 지방 특산물을 소개하는 프로그램이 있다. 한결같이 자기 지방에서 생산된 어떤 과일, 채소, 육류 등을 먹으면 어디가 좋아지고 특효가 있다고 한다. 그러한 사실에 대한 증빙을 위해선 동서남북의 교류가 원활치 않았을 한국의 역사에서 수천 년간 같은 곳에서 머물던 사람들은 저마다 어류의 효능 때문에, 고랭지의 특성 때문에, 또는 바람이 많은 지역 특성 때문에 다른 음식물을 취식해 왔고 그로 인해 다른 신체적 특성이나 차별성을 가졌어야 신빙성이 있다. 그러나 어떤 이는 어린 시절부터 생선을 싫어해 기피하고 어떤 이는 반드시 식후 과일을 먹는 데 비해 좀처럼 과일을 먹지 않는 사람들도 있고 채식 선호, 육류 선호, 어류 선호 등 다양한 식성에도 불구하고 대부분 비슷한 체형이나 비슷한 건강 상태를 유지하고 있다는 사실이다.

연구에 의하면 특정한 음식만을 집중적으로 섭취하면 여러 병적 현상이 입증되곤 했지만 사실 일상생활에서 그런 조건은 준비되어 있지 않다. 필요한 영양소가 부족하면 먹고 싶은 충동이 일고 임산부는 특히 자주 기호 패턴이 바뀐다. 영양소의 부족은 자연스럽게 먹고 싶은 욕망으로 나타나기 때문에 자신의 생활 속에 노출된 경험적 영양소 보충이 건강을 지키는데 절대적인 원칙일 것이다. 우리는 수없이 많은 정보의 홍수 속에 빠져 있다. 어느 정보는 삶을 윤택하기 위한 것이고 어느 정보는 왜곡되어 피폐한 삶을 만들 수도 있다.

유럽의 낙농국가들은 자국의 부를 위하여 칼슘이 풍부한 우유를 먹어야 한다고 강조한다. 그리고 토마토 축제로 유명한 이탈리아는 토마토가 건강에 끼치는 영향을 과대 포장한다. 이외에도 하루에 필요한 비타민 충족을 위하여 반드시 주스를 마셔야 한다고 선전하는 다국적 기업 등의 정보에는 이익이라는 포장으로 건강이라는 진실을 덮어버린 현대 자본주의의 삶이 있다.

한국에서는 예로부터 산삼을 귀한 것으로 여기고 만병통치약처럼 생각해 왔다. 그러나 그에 대한 효능은 과연 의학적으로 입증할 수 있을까? 정말 그토록 효능이 탁월하다면 진시황과 같은 독재국가의 권력자들이 영생을 위해 이를 구해서 먹었을 것이고, 평균수명보다 오래 살았다는 기록이 있어야 한다. 2,000만 주민의 일거수일투족까지 통제하려 했던 김일성이나 김정일 독재자도 말말로 산삼으로 깍두기를 담아 먹었을 수도 있다. 그러나 결과는 어떤가? 세계 100대 부자요, 한국의 최고 부자인 삼성 이건희 회장조차도 그런 산삼의 효능을 과연 보지 못한 것일까? 건강이란 특정한 식품에 한꺼번에 들어있는 것이 아니다. 손가락, 발가락, 심지어 콧구멍 수까지 적절한 용도와 필요에 의해 우리 몸은 만들어졌고, 꾸준히 움직이는 바퀴가 녹슬지 않는 것처럼 규칙적이고 건전한 생활 속에 스트레스를 만들지 않고 살아가는 거북이와 같은 생존 방법이 장수의 비결이고 건강을 지키는 절대적 불변의 원칙이다.

미각의 신비

오감! 시각, 청각, 후각, 촉각, 미각. 이 다섯 가지가 인간이 살아가는 데 가장 중요하게 여기는 것들이다. 이러한 오감은 본능적이어서 이성적인 판단에 준거한 재물 욕구, 명예 욕구, 안전 욕구 등 뇌의 복잡하고 길고 긴 뉴런 돌기들을 돌아서 판단하는 후순위적 욕구에 늘 앞선다. 당장 여행을 떠나 새로운 것을 보고 싶어 하는 시각 욕구, 부모와 자식 간 또는 애인 간 귀에 익은 소리를 듣고 싶은 청각 욕구, 어머니의 살냄새나 여인의 살냄새를 동경하는 후각 욕구, 만지거나 남녀 간 육체를 접하는 촉각 욕구, 그리고 늘 모자란 위 면적을 채우기 위해 하루 세 번 또는 그 이상 끊임없이 찾아 드는 취식 욕구와 배변 욕구가 있다.

미각은 절대적 기준이 있는가? 모든 사람이 공통으로 느끼는 시각,

청각, 후각, 촉각에 비해 묘한 차이점이 있다. 미각은 사람의 기준에 따라서 다르게 나타난다. 단순히 배가 고프기 때문에 위를 채우는 본능적 취식 욕구에서 진화하여 좀 더 자신에 적합한 최적의 욕구를 추구하는 것이 미각이다. 쉽게 자신이 늘 먹던 음식을 벗어나 새로운 음식을 먹는 것은 다소 거부감을 느끼는 사람들이 많다. 소위 입이 짧다고 한다. 이러한 특별한 취향을 가진 사람들을 미식가라고도 한다. 미식가는 새롭고 진화된 혀의 촉각을 이용한 재능을 가졌거나 그 재능만큼의 가식적인 모습으로 포장된 것으로 볼 수 있다.

그렇다면 맛의 절대적 기준은 무엇인가? 모든 인간이 눈앞에 벌어진 놀라운 광경에 하나같이 모여들어 구경하는 시각, 사랑하는 사람의 곁에서 듣고 맡는 청각이나 후각, 생득으로 비롯된 성년의 남녀가 서로를 접하고자 하는 촉각과 달리 동일한 물질의 변형(요리) 앞에서 거부하는 사람과 취식하고자 하는 사람이 극명하다. 필자는 미각에 대한 관심이 높아 오랫동안 미각을 탐미하는 사람들을 유심히 살펴보고 필자 또한 스스로 생체실험을 마다하지 않았다. 결론적으로 미식가는 게으른 자의 오만의 표현이며 왜곡된 과장이다. 특별한 미각이란 기존의 맛에서 변형을 가하여 흔치 않은 맛을 만들어 낸다. 그러나 진정 맛있다는 것은 무슨 기준인가?

건강한 사람과 병약자가 있다고 가정해 보자. 건강한 사람은 운동으로 에너지를 많이 소모하거나 운동장에서 땀을 뻘뻘 흘리며 지칠 줄 모르고 뛰노는 아이들을 말하며, 이들은 흡수한 칼로리 대비 땀과 순간적 지방분해로 인해 육체는 극도의 영양공급이 필요하다. 반면 병약자는 늘 누워있거나 제한된 행동반경으로 적은 양의 영양 공급원에도 불구하고 더 이상의 칼로리를 체내에서 거부하게 되므로 좋은 음식과 맛있는 음식을 애써 찾고자 하지 않는다. 맛의 절대 기준은 우리의 이성적 판단에 근거한 것이 아니다. 차라리 본능적 판단에 의해서 받아들여지는 것이다. 맛이 좋다고 느끼는 것은 음식이 가진 고유의 영역으로 인해 혀의 촉각을 통해 뇌로 전달되어 인정되는 것이 아니다. 그것은 뇌의 필요 지시에 따라서 촉각으로 느껴지며 중앙본부에 의해서 이미 결정된 것이므로 출입기관인 혀의 판단 여부는 무시당하고 이미 맛있는 것으로 느껴지는 것이다. 운동으로 과다한 에너지를 소모했거나 뛰노는 아이들은 즉시 뇌의 영양 공백을 초래하고 어떤 것을 먹는다고 해도 이미 '맛있다'라고 결정된 명령에 따라 아주 기쁘게 음식을 섭취한다.

이러한 느낌은 비단 운동에너지뿐 아니라 화목한 분위기에서도 결정된다. 오랜만에 친한 사람들과 함께한 자리라면 어떤 음식도 이미 맛있을 수밖에 없도록 뇌는 미리 결정해 버린다. 그래서 회식 자리나 파티 같은 곳에서는 음식의 질보다는 분위기의 질로 인해 모두 최고로 맛있다는 의견 일치를 내려버리는 것이다. 병원에 요양하고 있는 환자의 경우 아무리 맛있는 산해진미를 대령한다고 해도 고개를 설레설레 흔들 것이다. 이는 맛 자체가 뇌의 명령에 우선하는 대항력이 없다는 것을 의미한다. 결론적으로 맛이란 육체의 영양공급이 재고 부족이 되었을 때 뇌에서 명령하는 신호를 따르는 본능적 조건반사에 불과하다. 당장 포로수용소 같은 열악한 환경에서 며칠을 굶어 혼수상태가 가까워진 사람에게 눈앞의 빵 한 조각과 물 한 컵이 있고 하루만 더 참으면 마블링이 잘 된 최상급의 비프스테이크를 제안한다면 과연 내일까지 기다릴 사람이 있을까? 지금 당장 먹는 메마른 빵 한 조각은 세상에서 가장 맛있는 요리로 영원히 기억될 것이다.

오래전 〈남자의 자격〉이란 TV 프로그램을 통해 군대에서 먹는 군대리아, 짬밥, 찐라면, 전투식량 등이 인기를 끌었다. 고된 훈련과 체력소진으로 인해 극도로 영양공급을 원하는 시점에 먹기 때문에 맛있다고 느끼게 되는 것이다. 〈인디아나 존스: 잃어버린 성궤를 찾아서〉라는 영화를 보면 마지막 장면에 "Knowledge was their Treasure"라는 명대사가 나온다. 그렇다. 우리가 추구하던 미각은 물질의 존재가 아닌 우리 뇌 속에 기억된 또는 명령되는 본능의 지식이었다.

술과 담배는
계층 간에도 차이가 있다

　해외여행을 하다 보면 다양한 경험과 관찰의 기회가 많다. 중국인들은 샌프란시스코를 구금산(旧金山)이라고도 한다. 19세기 서부의 골드러시가 유행하여 동부를 시작으로 발달한 미국의 도시 중 금광이 발견되었다는 소문이 나게 되었다. 이때 가장 일찍 번성한 도시가 서부의 관문 샌프란시스코이다. 이곳은 세계에서 가장 아름다운 금문교가 있으며 온화한 날씨, 다양한 거리 풍경, 넘치는 관광객, 풍부한 고학력 인력 등 시내를 돌아다니다 보면 형형색색의 옷과 다른 얼굴을 한 사람들이 365일 넘쳐난다.

　그러나 이런 풍요의 모습과는 대조적으로 어느 곳보다도 많은 노숙자들이 시청 앞부터 시작해 Powell street, Geary를 따라서 즐비하다. 수요 공급의 원칙이 이곳에도 적용된다는 것인가? 돈을 쓰기 위해 온 관광객들이 많으니 줄 사람도 많고 받고자 하는 사람도 많은 듯 소위 노숙자(Homeless)들이 어디라도 눈에 뜨인다. 해가 지고 나면 많은 관광객은 실내로 들어가 맥주와 커피, 요리로서 화기애애한 시간을 보내는 반면 그들은 휴지통을 뒤지며 잔여 음식물을 찾거나 쓰레기통 위에 누군가를 위해서 올려둔 패스트푸드점의 남은 음료가 올려져 있는 것을 신속히 찾아내곤 한다.

이상한 것은 노숙자를 포함한 극빈층의 사람들은 하나같이 담배와 술을 좋아한다는 것이다. 원래 담배와 술을 좋아하면 가난하게 되는 것인가? 비용의 소모 때문일까? 그렇지는 않은 것 같다. 술과 담배의 경우 평균적으로 자기 수입에서 차지하는 비율이 특별히 폭음하지 않는 한 자신의 위치를 바꾸게 될 만큼 많은 비용이 필요하지 않다.

그렇다면 이들의 공통점은 무엇인가? 그들은 절박한 상황에서 끊임없이 알에서 깨어나기 위한 노력을 하고 있을 것이다. 사연이야 다양하겠지만 여하튼 독특한 생각을 가진 몇 사람 정도를 제외하면 대

| 샌프란시스코에서 담배를 피우는 노숙자

부분 현실의 구렁텅이에서 벗어나고자 갈망한다. 그러나 세상이 그리 녹록지 않다. 수렁에 빠지는 것보다 헤쳐 나오는 것이 훨씬 어려운 법이다. 상황에서 벗어나기 위해 여러 가지 시도를 한다. 그중에서 담배와 술은 필수다. 그것은 부자와 가난한 사람들의 갭을 줄이고자 하는 몸부림이다. 옷, 가방, 집, 소지품, 돈, 차 등 모든 것들이 극빈층들이 따라가기 어려운 현실이다.

그러나 술과 담배는 부자와 가난한 사람들의 기호 차이가 별로 크지 않다. 특별히 더 비싸고 더 좋은 담배를 피우는 경우는 일부에 불과하다. 대중적인 술과 담배는 빈부의 차이가 없다. 길거리를 지나는 관광객에게 담배 하나를 요구하는 노숙자들의 모습은 외국에서 흔히 보게 되는 장면들이다. 종이컵을 놓고 구걸하여 얻은 푼돈으로 술 한 병을 사서 어딘가 움푹 팬 모퉁이에 쪼그려 앉아 마시는 노숙자들 또한 흔한 풍경이다. 적어도 지금 마시는 이 술과, 피우는 이 담배는 부자들과 대동소이한 모습으로 정신적으로 일탈할 좋은 기회이기 때문이다. 24시간 중 적어도 자신의 비참한 처지를 잊을 수 있는 유일한 탈출구가 담배와 술이기 때문이다.

술로 인해 혼미해진 정신력은 현실의 도피로 괴로움을 잠시나마 탈출하게 하는 터널이며 담배를 뿜어대는 몽롱한 연기 속에서 순간적으로 느려지는 혈액의 속도로 흥분을 가라앉히거나 연기 속으로 빨려 들어가는 자신을 느낄 것이다. 비 오는 날의 담배 맛과 깜깜한 어둠 속에서의 담배 맛은 전혀 다를 것이다. 비 오는 날은 공기 내 수분의 함량이 높아 연기가 더욱 짙고 풍부해져 환영의 효과가 있으며, 깜깜한 밤에 연기가 보이지 않는 담배의 맛은 쓰디쓰기만 할 뿐이다. 시각효과로 인한 정신적인 이유가 아주 크기 때문이다.

27

음식 맛의 비밀은
산소에 달려있다

모든 나라는 저마다의 맛이 있고 조리법이 있다. 이는 사는 곳에 따라 획득 가능한 식재료 자원들이 다르기 때문이다. 그중에서도 특히 광대한 토지에 가축을 기르거나 토지가 비옥한 나라들은 맛의 진화가 더딘 편이다. 굳이 맛을 내려고 노력하지 않아도 불에 구울 수 있는 육류 그리고 과일과 야채처럼 생식으로 먹을 수 있는 환경이라면 양념이나 향료의 발달이 느릴 수밖에 없다.

맛은 정해진 규칙에 의해서 반복되는 것인가? 아니면 유기물처럼 계속 변하는 것인가?

인도나 일부 동남아 국가에서는 더운 날씨 탓에 음식물이 부패하기 쉽다. 이들은 냄새를 중화하거나 제거하기 위해 대개 여러 식물에서 채취한 향신료 재료를 사용하여 후각을 자극함으로써 식욕을 촉진하는 향신료를 개발하고 발전시켜 왔다. 같은 후각에 의한 자극이지만 대뇌에서 판단하여 거부하면 냄새라고 하고 수용하면 향기라고 한다.

우리 민족은 해마다 11월이면 집집마다 김장을 하느라 바쁘다. 한 겨울 마지막 주부들의 노고로 겨울 내내 맛있는 김치와 동치미 등 끼니마다 없어서는 안 될 먹거리를 준비한다. 아직도 도시의 젊은 근로자들은 지방에 연고를 두거나 지인이 있는 경우 주문해서 저장해 먹는 것은 일상적인 한국의 풍경이다. 직접 담근 김치 맛을 마트에서 사는 김치와 비교할 수 있을까? 어디 비단 김치뿐이랴. 망중한을 즐기기 위해 가끔 골프장에 가면 허름한 부근의 맛집은 꼭 하나씩 캐디들로부터 추천받곤 한다. 출장이나 여행으로 잠시 들러 본 시골의 식당은 그 맛을 잊을 수 없는 추억으로 남는다. 소위 Craving이라는 말로 갈망, 열망으로 해석되지만 어떤 음식에 기억이 선명히 각인되어 가끔 먹고 싶어 군침이 도는 현상이다. 많은 솜씨 좋은 분들이 이 정도 맛으로 서울로 가서 개업하면 대박 성공할 것이라는 희망과 확신으로 도시로 진출했다. 그러나 칭찬 일색이던 그 맛으로 개업했지만 모두가 성공하지 못한다. 오히려 성공하는 경우가 드물다고 해야 할 것이다. 왜 그 맛을 유지하지 못할까? 같은 사람이 같은 식재료와 같은 양으로 만드는데 말이다.

필자 역시 지방 여행을 갈 때마다 꼭 들르는 음식점들이 있다. 가끔 식당의 조리법을 배워 똑같은 레시피로 만들어 보기도 한다. 그러나 역시 그 맛은 아니었다. 그래도 소위 양식조리사 기능을 보유한 지 십수 년이 지난 준프로라고 자부하는데 말이다.

맛의 근원을 찾기 위해 오래 생각하다가 문득 스스로 묻고 스스로에게 답을 주었다. 그 비밀은 산소라고 칭한다. 김밥 한 줄을 사서 밀폐율이 높은 건물이나 상가 등에서 먹는 맛과 선선한 바람이 부는 야외에서 먹는 맛은 전혀 다르다. 과연 기분 때문일까? 집에서도 방에서 먹는 컵라면보다는 거실에서 먹는 것이, 거실보다는 베란다에서 먹는 맛은 더욱 다를 것 같다. 밀폐된 도시의 상가나 백화점에서 가족과 연인, 친구와 같이 식사할 때는 기분이 나빴다고 할 수 없다. 오히려 더 기쁜 시간도 있었을 것이다. 그러나 이산화탄소의 포화농도가 높고 산소량이 적은 곳에서 음식에 반응하는 감각기관은 그 기능이 떨어질 수밖에 없는 것이 의학적 사실이다. 청정한 시골에서 산소 가득하고 염소 소독제가 덜 녹아 있는 맑은 물로 재료를 씻어 음식을 만든다면 발효 자체가 다르고, 밀폐공간 산소용해도 또한 높아진다. 음식이 혀에 닿을 때 느껴지는 대뇌의 판단은 '맛있다'일 것이다.

고추장, 된장, 간장, 청국장 등 숙성이 필요한 장류는 특히 산소의 농도가 중요하다. 맛의 비밀은 산소에 있다. 창문을 닫아 놓고 답답함을 느낄 때 창문을 활짝 열어보라. 당장 깊은숨을 들이키며 맑은 피가 머리의 혈관을 돌아 온몸에 기를 채우고 기분이 상쾌해지며 에너지가 차오르는 것이 느껴질 것이다. 또한 야외에서 끓여 먹는 라면은 후후 불어가며 먹을 때 공기 중 높은 산소 포화도가 면발 사이사이로 넘나들며 당신의 입으로부터 맛의 비밀을 노크해 줄 것이다. 산소는 물에서 생성된다. H_2O는 수소와 산소이므로 염소 가득한 도시 물보다는 시골 물이 산소가 훨씬 많이 용해되어 있을 것이고 이 물로 끓이거나 씻거나 채운다면 맛이 없을 수 없다.

음식 맛을 내는 데 있어서 단맛과 짠맛의 원리를 이해하지 못하는 사람들이 많다. 단맛과 짠맛은 반대의 성질이 아니다. 각기 다른 방향일 뿐이다. 음식을 만들 때 달다고 소금을 넣거나 짜다고 설탕을 넣으면 중화되지 않는다. 그럴 경우 물을 붓거나 재료를 추가하여 고정 성질을 순화시켜 주어야 한다. 같은 단맛이라도 흑설탕, 백설탕, 요리당, 꿀 등은 서로 성질이 다르다. 맛있는 떡볶이를 만드는 맛집을 보면 설탕과 요리당을 섞어 넣고 간장과 소금을 따로 넣는다. 고추장과 된장 또한 만내의 개념이 아닌 보완의 개념이 맛의 비법이다. 매운탕에 된장 한술을 넣으면 담백하고 구수한 풍미가 살아나고 된장찌개에 고추장 한술은 넣으면 칼칼한 두부와 애호박의 맛을 증진해 줄 것이다.

모든 요리의 재료는 신선함이 생명이다. 소위 식간거리(食間距離)라 하여 채취부터 요리까지 걸리는 시간이 최소시간이어야 그 맛을 유지할 수 있는 것이다. 미국산 수입육은 한우에 절대 비교할 맛이 아니지만 한우 역시 미국으로 건너가 미국인의 식탁에서 우리가 느끼는 맛은 아니다. 이미 배를 타고 가며 냉장 또는 냉동 보관된 채 1개월 정도 소요되고 대형 유통사로부터 소비자에 이르기까지의 소요 시간은 향과 맛, 고유의 재료 성분에 변형이 생겨 본래의 맛을 잃기 쉽다. 시골집 텃밭에서 막 캐온 부추로 만든 부추전은 막걸리를 부르는 피할 수 없는 유혹이다. 발효되는 음식들을 조금씩 덜어서 사용하는 경우, 쇠로 만든 도구보다는 나무로 만든 도구를 사용해야 성분변형을 최소화할 수 있다. 그리고 이것은 음식의 맛을 지키는 방법 중 하나다.

길거리 음식과 요리점 음식의
차이는 열정이다

이제 서서히 3년 전 2월부터 시작된 코로나19의 공포가 걷혀가고 있다. 길고 긴 불안의 터널에서 벗어나 햇살을 맞이하기 직전이다. 코로나19를 대하는 사람들과 국가의 모습들은 다양하지만 지난 3년간 마스크를 쓰며 사람들과 교류가 거의 단절되다시피 했던 일상의 모습에도 변화가 오고 있는 듯하다. 인원 제한으로 그동안 미룬 모임들이 폭증하며 당장 회식 약속 등이 급하게 생긴다.

음식은 크게 건물 내에서 영업하는 요리점 음식과 길거리에서 먹을 수 있는 거리 음식이 있다. 어떤 것이 더 맛있을까? 필자는 거리 음식에 판정승을 주는 바다. 첫 번째 이유는 요리점의 음식은 실내 분위기, 주차장, 위치, 가격, 시설, 점주의 태도, 서비스, 소문, 전통 등 다양한 요인에 의해서 이용을 결정한다. 그중 맛 때문에 식당을 결정하는 경우는 높은 비율이 아니다. 맛이 부족하여도 여러 요인 중 요구되는 전략으로 성공 가능성을 높인다. 그러나 거리 음식은 절박하다. 일부 기업형도 있지만 대부분 영세 상인들이고 가족의 생계를 위해 열악한 환경을 견디며 음식을 만든다. 어쩌면 목숨 걸고 만들고 있는지도 모른다. 그러니 어찌 맛이 없을 것인가? 인테리어, 주차 등 대부분의 마케팅 요소들을 배제하고 맛에 집중하다 보니 맛없는 거리 음식은 본 적이 없다.

또한 위에서 거론된 산소가 다량 함유되기 때문인 것도 이유 중 하나라도 본다. 당장 메뉴 이름만 들어도 군침이 도는 호떡, 떡볶이, 순대, 튀김, 어묵, 붕어빵, 뻥튀기 등. 아마도 열이면 열 모두 군침부터 흐를 듯하다. 체면 때문에 이용하지 않을 수는 있어도 맛이 없어 이용하지 않는 사람은 거의 없다고 본다. 맛은 그 음식을 만드는 사람의 정신이며 혼이다.

얼마나 자주 접했는가가 평생 그 맛에 집착하게 되는 이유다. 아기를 키우는 엄마들은 아기가 어린 시절 여러 가지 음식을 입에 넣어주어 그 맛을 무의식중에 기억하도록 해 줘야 한다. 엄마의 입맛이 까다롭다고 하여 자신이 좋아하는 음식만 고집하다 보면 아기도 자라서 입맛 까다로운 어른이 되기 쉽다. 필자가 동남아나 중국을 절친한 친구와 여행할 때 매번 햇반과 조미 김을 싸서 다니며 현지 음식을 먹지 못하는 모습을 보면 안쓰러울 때가 너무 많다. 어린 시절 늘 먹던 것만 먹으며 남의 집에서 음식을 먹은 적도 별로 없어서 60세가 넘은 나이에도 남의 집에서 밥 먹는 것을 부담스러워하는 모습은 안타깝다.

맛은 감각이기보다는 느낌의 영역이 크다. 일단 선입견으로 저 음식은 이상할 것이라는 의식이 대뇌를 지배한다. 같은 음식이라도 길거리에서 파는 음식은 편견이 있을 수 있고, 고급호텔에서 파는 같은 음식은 안전할 것이라는 대뇌의 명령이 취식 가능과 거부감의 본질이다. 제한이 풀린 해외여행이 본격적으로 시작된다. 그동안 축소되었던 비행편수 덕분에 해외로 나가는 비행기가 연일 만석이다. 이제부터는 해외여행을 하더라도 거리 음식에 도전하며 새로운 맛을 찾아 떠나는 건 어떨까?

건강을 망치는
잘못된 5가지 습관

건강에 관한 내용을 이어가자면, 인간은 언제부터인지 몰라도 본능적으로 건강히 오래 사는 것이 평생의 소원이자 목표다.

토테미즘이나 샤머니즘이 일반적인 사회 분위기에서는 하늘과 땅 그리고 영험하다고 믿는 동식물에 대한 믿음으로 간접적으로 건강에 도움이 되기를 바랐다. 그러나 점점 정보가 많아지고 사회가 구성됨으로 인해서 비교되며 다른 간접경험을 통해 건강에 대한 지식이 높아지게 되었다. 절대 식량의 부족 시대를 지나 상대적 식량의 질을 비교하는 시대가 왔다.

건강을 유지하는 방법에 대해서는 앞서 잠시 언급되기도 하였고, 많은 다양한 방법들이 이미 알려져 있으니 여기서는 건강을 해치는 5가지 주요 요소만 언급해 본다.

돈에 구애받는 식생활

모든 식단의 재료들은 가격이 정해져 있다. 직접 채취, 재배, 사육한 식재료를 제외하면 대부분 마트나 시장 등에서 구입하는 것들이다. 돈은 기회비용으로 여겨져 음식을 남기면 아깝다는 생각은 벌기 위해 애쓰는 과정이 연상되기 때문이다. 따라서 음식을 먹다가 조금 남게 되면 아까운 생각에 먹고 싶은 의지에 반하여, 특히 주부의 경우 억지로 먹게 되는 경우가 많은데 이것은 건강의 첫 번째 주적이다.

흔히 먹고 싶은 것은 칼로리 제로, 남이 주면 칼로리 2배, 남는 것 아까워 먹으면 칼로리 3배, 싫은데 억지로 먹는 것은 칼로리 4배라고 생각한다. 관념의 기준뿐 아니라 의학적으로도 먹기 싫다는 것은 입의 침샘이나 위의 소화액이 정상 작동하지 않아 소화가 더디게 되고 몸에서는 일단 지방으로 축척해 서서히 처리하게 된다. 이런 과정이 비만의 형태로 나타난다. 따라서 아까워 버리기를 주저하고 의지와 관계없이 먹어버리겠다는 생각보다는 과감히 건강을 위해 취식을 절제하여야 한다.

그릇에 담아주는 생활패턴

그릇은 편리함과 위생의 문제이지 건강의 문제와는 전혀 무관하다. 1인분으로 남이 정하여 줌으로써 스스로 분해하거나 소화할 수 있는 범위를 넘어서는 경우가 많아 역시 지방축적의 과정을 통하게 된다. 한 가족이 모여 식사하면 서로의 호불호가 있고 양이 다르지만 대부분 자신에게 주어진 그릇에 담긴 음식은 의무적으로 전부 먹게 된다. 그래서 서로 다른 영양 효과가 나타나게 되지만 평소 이를 인지하지

못하고 생활한다. 가장 좋은 것은 자기 양만큼 떠먹는 것인데 이것은
불편함과 주부의 존재감 문제와 충돌하므로 이를 해결하는 것이 건강
을 따져보는 방법의 하나라고 본다.

얼음을 넣어 먹는 차가운 음료

필자가 강력히 주장하는 부분 중 하나가 얼음을 넣어 음료를 마시
는 사람들은 건강을 해치기 쉽다는 것이다. 얼음 자체는 순수 물로 구
성되어 영양에는 거의 영향을 미치지 않는다. 그러나 커피, 콜라, 주스
등 다양한 음료에 넣어 마시게 된다.

콜라에는 엄청나게 많은 양의 당이 포함되어 있다. 콜라 한 캔은 약
10봉의 설탕을 커피에 넣어 마시는 분량이라는 글을 읽은 적이 있다.
미지근한 콜라나 탄산음료는 한 캔을 다 마시기 힘들다. 지나치게 달
아 역겹기 때문이다. 그러나 얼음을 넣은 콜라 등 탄산음료는 한 캔이
아니라 리필 프리라면 몇 잔이라도 마실 수 있다. 그 이유는 차가운
얼음의 온도가 기도를 통해 들어갈 때 순간적으로 모세혈관을 마비시
킴으로써 맛을 느끼지 못하게 만들기 때문이다. 몸의 열기와 얼음물
의 냉기는 정상적인 혈류속도를 방해하여 순간적으로 펌핑을 만들어
주므로 일종의 환각 현상이 나타나게 되는 것이다. 아주 짧은 순간이
므로 의식하긴 힘들지만 중독성 있다는 말은 바로 얼음 음료가 지닌
특성이다.

스스로 돌이켜 항상 얼음을 넣어 마시는 분들은 얼음을 넣게 됨으
로써 평소보다 많은 양의 음료를 마시고 있다는 사실을 기억해야 하
며 이에 따라 과식, 과음하는 자신을 잘 통제할 줄 알아야 건강을 지

킨다. 또한 무설탕 콜라나 무가당 음료라고 해서 전혀 당분이 없다는 것은 아니다. 아마도 허가과정이 기준을 충족하였다는 의미로 해석하고 싶다.

불규칙한 생활과 늦은 밤 야식

우리 몸은 늘 규칙적인 상태를 원한다. 세포 하나하나가 살아있고 지능적으로 변화하고 적응하며 생존하기 때문에 규칙적인 운동은 세포의 생존에 커다란 효과를 가져다준다. 반면 불규칙한 생활은 세포를 포함하는 뇌와 여타 조직들의 배열에 시간과 혼란을 줌으로써 불필요한 활동이 많아지게 되고 평균 세포수명은 단축될 수밖에 없다. 매일 아침이면 어김없이 6시에 일어나 자신이 일구는 논밭을 둘러보는 촌로의 일과는 아마도 장수의 비결일 것이다. 운동은 또 다른 측면이므로 여기서는 생략한다.

음식물이 섭취되고 최소 3시간 정도가 소화를 거치는 데 필요한 시간이다. 늦은 밤 귀갓길 또는 귀가 후 시켜 먹는 치맥은 어찌 보면 입의 축복이자 애주가의 행복이 아닐 수 없다. 그러나 여러분이 누워 자는 동안 같이 쉬어야 할 여러분의 위장과 내부 기관들은 야간작업을 하느라 충분한 휴식을 가질 수 없다. 언젠가 이런 노동착취가 당신을 하얀 시트의 병원으로 초대할지도 모른다. 늦은 밤 야식은 건강을 해치는 주범 중 하나라는 사실을 잊지 말고 스스로가 행복한 가정을 이루는 공동의 책임감을 느껴야 한다.

빨리 먹는 습관과 물과 국에 말아 먹는 습관

우리의 몸은 참으로 신비스럽게 만들어져 있다. 비단 인간뿐 아니라 동물도 마찬가지겠지만 수시로 뛰고 달리는 동물들에 비해 인간은 느리다. 치아가 없는 동물들은 씹지 않고 삼키는 즉시 음식물이 위산에 녹아버린다. 인간을 포함하여 치아가 있는 동물들은 씹어서 삼켜야 한다. 특히 어금니가 발달한 인간은 1차로 입안의 프티알린 소화효소가 음식물을 위장에서 분해하기 위한 준비를 한다. 마치 김장하기 위해 배추를 절이는 것과 마찬가지다. 2차는 위장으로 내려가 준비된 위산과 여러 소화효소가 각각 음식물을 종류별로 분해하여 흡수와 배출을 돕게 된다.

그런데 구강 내 투입된 음식물의 급한 넘김은 위장의 과부하를 가져와 췌장에 급하게 구조 요청하게 되고 췌장은 급할 때 써야 하는 고리대금과 같이 쓰인 후 다시 복구하기까지 상당히 긴 시간과 몸의 작용이 필요하다. 따라서 건강한 리듬을 깨뜨릴 수 있는 중요한 기관이다. 흔히 췌장 관련 질병이 발견되면 이미 늦었다고 할 정도로 소중한 역할을 하므로 평소 식생활에서 췌장의 지원을 최소화하기 위해 충분히 씹는 과정과 위장에서 소화할 수 있는 시간이나 식후 바로 과도한 신체활동의 자제로 도움을 주어야 한다. 어르신들이 입맛이 없다고 물에 밥을 말거나 시간에 쫓겨 국에 밥을 말아 후루룩 마시듯 먹고 바로 몸을 움직여 나가게 된다면 커다란 몸의 손상이 따르게 될 것이다. 반드시 충분히 씹는 과정과 입안에서의 침샘과 잘 섞여 위장으로 넘어갈 수 있도록 올바른 식습관을 가져야 한다.

30

맛에도 인문학적
상상력이 필요하다

　음식 맛의 절대기준은 무엇인가? 우리는 호텔의 고급스러운 일품 요리부터 거리의 포장마차까지 다양한 곳에서 맛을 느낀다. 맛의 기준은 무엇인가? 미슐랭이나 코르동 블루 같은 맛의 등급을 정하는 명성 있는 기관의 기준의 맛과 거리의 대표적인 서민 음식과의 한판 싸움에서 필자는 후자의 맛에 손을 들어준다. 맛이란 처음 느끼거나 한번 느낀 느낌이나 감정을 가지고 평할 수 있는 것이 아니다. 지속해서 즐길 수 있어야 하고 다수의 사람이 접근 가능해야 하며 같은 음식을 반복적으로 취식하더라도 거부감을 느끼지 않아야 한다. 그런 관점에서 보면 일류 요리라고 하는 것들은 대부분 고급스러운 곳 또는 비싼 곳에서 파는 음식이 일반적이다.

　고급스러운 음식점은 사람들이 선호하여 예약이 어렵기도 하지만 그 내면을 들여다보면 꼭 맛 때문에 가는 것은 아닌 것 같다. 어떤 곳은 정말 맛이 있어서, 어떤 곳은 인테리어가 출중해서, 어떤 곳은 심지어 주차가 편하기 때문에 가는 경우도 있다. 그러나 거리의 대표 음식인 포장마차 같은 곳에서 파는 음식치고 맛없는 음식을 고르기는 정말 힘들다. 우리나라만 해도 대표적인 거리 음식으로 호떡, 붕어빵, 순대, 떡볶이, 어묵, 튀김, 꼬치구이, 만두, 찐빵 등 셀 수 없이 많은 음식이 팔리고 있지만 이 중 싫어하거나 안 먹는 음식이 있는지 물을 때 과연 한 가지라도 선택할 수 있을까? 외국의 경우도 마찬가지다, 미국의 핫도그, 프레첼, 팝콘, 유럽의 샌드위치, 바게트, 인도네시아의 나시고랭이나 베트남의 스프링롤, 태국의 단밤, 중국의 만두, 터키의 홍합밥 등 여행객의 입맛과 발길을 어김없이 잡아당기는 음식들이다.

이런 음식들이 인기 있는 것은 가격이 싸기 때문일까? 여러분들은 가격과 관계없이 취식의 선택이 있다면 하루 세 번의 스테이크를 먹을 자신이 있겠는가? 세 번의 김밥은 가능한가? 명성 있는 요리는 이미지와 품격이 음식의 맛을 포장하고, 거리의 음식은 노점상인의 혼을 넣어 생존을 위해 만들기 때문에 맛 하나로 승부를 건다. 그래서 맛이 있을 수밖에 없다고 생각한다.

또한 자신을 미식가라고 자처하는 사람의 취향은 어떤가? 동서양의 속담에 "시장이 반찬이다"라는 말이 있다. 허기를 느낄 때 또는 눈에 보였을 때 맛을 느끼게 된다는 뜻이다. 동작이 굼뜬 미식가보다는 운동장에서 뛰어놀던 아이들은 언제고 어느 때고 눈앞에 보이는 음식을 가장 맛있게 먹기 마련이다. 역동적인 활동은 에너지 소모로 식욕을 촉진하고 왕성한 활동으로 인해 몸은 음식물을 기다린다. 가장 많이 먹던 음식은 대뇌의 기억 속에서 취식을 재촉하는 명령을 내리게 되고 이내 그 맛은 꿈같은 혀의 조화로움 속으로 파묻히게 된다. 게으름은 식욕의 부진을 촉진하고 취식에 대한 탐욕을 억제하여 음식을 거부하게 되고 이는 곧 건강으로 직결되어 허약한 몸을 만드는 악순환이 이어지게 된다.

가장 훌륭한 한 끼 음식은 음식 자체에 담겨있는 것이 아니라 음식을 원하는 당신의 몸속에서 요구하는 에너지 보충에 대한 욕구에 달려있다. 따라서 밝고 건강한 정신 유지와 지속적으로 소모되는 운동 에너지 등으로 몸의 대사를 촉진하고 유지함으로 음식에 대한 욕구가 넘치는 상태야말로 음식의 맛에 대한 최고의 비법일 것이다. 앞에서 언급한 것처럼 아까워도 먹는, 남기는 게 싫은, 억지로 주고받는 음식 문화는 절대 피해야 하는 것들이다.

5장

문화에도
학습이 필요하다

미국의 신용 문화는
불신 문화가 깔려있다

　미국은 대표적인 자유주의 국가다. 미국의 국민들은 소위 크레딧이라는 성적표가 매겨져 있다. 평상시에는 아무런 영향을 주지 못하는 비밀 성적표는 가장 중요한 순간에 개인을 점수화하여 그 가치의 측정값으로 사용한다. 사회에서 누릴 수 있는 영역이 제한되는데 이것이 신용등급이다. 대부분의 선진국들은 돈이 수반되는 모든 거래에서 신용등급이 적용된다. 그들은 결코 재화에서 자유롭지 못하다. 자신이 벌어들이고 쓰는 모든 수입과 소비는 철저히 자신도 모르게 기록되며 관리되고 있다. 선진국일수록 빚에 의존한다. 빚의 개념이 불이익인지 레버리지를 이용한 이익인지는 판단의 기준이 다르다. 그러나 분명한 것은 선진국과 후진국은 금융관리에 있어서 전적으로 다르게 적용되어 살아가고 있다. 가장 가까운 미국은 선진국이라 부른지 오래고, 신용사회라고 한다.

그러나 필자가 오랫동안 미국을 다니면서 보고 느낀 것은 신용이라는 용어 뒤에 숨은 불신이다. 역설적이지만 신용카드를 발급하고 사용한다는 것은 그 외 사람들을 믿지 못하기 때문에 특별한 사람을 믿을 수 있도록 하겠다는 것이다. 이런 신용 시스템을 이용하는데 있어서 관행과 절차가 확연히 다름을 느낀다. 선진국들은 손해를 방지하기 위해 신용카드를 발급하고도 이를 못 믿어 확인하기 위해 신분증을 요구하는 일들이 일상적인 상식이다. 조개껍데기나 은덩이가 아닌 화폐를 만들어 믿고 사용하기로 하고 위조를 찾기 위하여 감별기를 사용하거나 식별용 펜을 사용해 재확인하는 것은 자연스러운 일이다.

개발도상국은 이런 절차가 없다. 그래서 불법적인 일들이 종종 생기기는 하지만 작은 상점에서 서로의 믿음을 후회할 만큼 자주 발생하는 일은 없다. 미국과 중국을 예로 들면 미국은 50달러 이상은 고액권으로 인식하여 반드시 수령할 때 확인을 거친다. 우리나라의 경우 5만 원권은 ― 40달러 정도에 해당하지만 ― 현금 지불 시 감정을 위해 확인하는 상점은 거의 없다. 때로 뉴스를 통해 위조지폐가 발견되었다는 소식을 듣기는 하지만 체감하기는 어렵다. 또한 약국에서 감기약 하나를 사려 하면 가장 흔한 타이레놀의 경우 어린아이들의 오용 방지나 부적절한 사용을 막기 위하여 이중삼중의 단단한 포장으로 뜯는 일이 장난이 아니다. 성인들조차 가위나 칼이 있어야 뜯을 정도로 까다롭게 포장되어 있다. 목적은 그럴싸하지만 어린아이들에 대한 보호 명분이나 오남용으로 인한 천문학적 손해를 피하려는 의도가 깔려있다. 중국에서 어느 곳을 가도 그런 약은 찾기 힘들고 팔리지도 않을 것이다.

과연 이런 상이한 경로에서 발생하는 부정적 효과가 선진국의 효과를 넘어서는 피해를 유발하고 있을까? 필자는 절대 아니라고 말하고 싶다. 상품의 도난 방지 태그 또한 불신으로 가득 찬 사악한 의미로 받아들여질 수밖에 없다. 작은 전자제품 하나 사고서는 가위가 없어 뜯지 못하여 새벽에 호텔방에서 굳이 옷을 챙겨 입고 머리를 정리하며 프런트까지 갔던 일은 정말 짜증스런 기억 중 하나다. 때때로 미국, 유럽, 태국, 베트남, 중국 등 극명히 대조되는 나라들을 다녀보면서 화장실을 잠궈놓고 돈을 받거나 없다고 하는 선진국과, 다소 지저분할 수는 있겠지만 자연스럽게 이용하도록 열려있는 개도국은 그들의 심리가 보여지는 듯하다.

급한 일이 있어서 쇼핑했던 짐들을 잠시 맡겨야 하는 경우 선진국에서는 상식도 아니고 맡아주는 사람도 없는 반면, 개도국은 언제나 노 프라블럼이라는 열린 마음이 느껴진다. 무엇이 두려워 폭발물이라고 생각할까? 왜 그들은 손해배상이라는 이상한 시스템으로 서로의 벽을 만들었을까? 개발도상국도 언젠가는 경제가 발전하면서 선진국이 만들어 놓은 똑같은 길을 가게 되겠지만 그럴 수밖에 없다는 사실에 쓴 입맛을 덜어낼 수가 없다. 결국 우리는 편리하기 위해 돈을 만들어 놓았지만 그런 행위는 악마와의 계약서에 동의한 것이다. 나이가 들면서 사람이 그립고 약간의 손해가 있더라도 그들을 믿어주고 싶다.

중국인들이
한국과 일본 관광지로 향하는 이유

　사드 배치로 인한 중국의 몽니가 이슈였다. 도널드 트럼프 미국 대통령이 당선된 직후 중국은 일종의 기싸움을 벌였고 바이든 정부에서는 노골적으로 강 대 강으로 치닫는 모양새다. 미국은 러시아와 우크라이나 전쟁으로 팽배한 기싸움을 하고 중국과는 대만 문제로 동중국해에서 신경전을 벌이고 있다. 이런 강대국의 총성 없는 전쟁에서 한국으로 불똥이 튀어 대신 매를 맞는 모양이다. 언론에서는 각자의 이해관계에 따라서 해석이 각각이다.

　뿐만 아니라 우리나라 여당과 야당 또한 당내에서도 사드 배치가 국익에 도움이 된다는 부류와 도움이 되지 않는다는 부류로 나뉜다. 자신 없고 소신 없는 국회의원들은 언제까지나 신중론을 내세우며 시간을 흘려보냈다.

사드 문제가 불거지며 중국에서는 한한령이 내려져 각종 피해가 속출했다. 가장 먼저 연예인들의 출연이 금지되며 피해를 입었고, 문화계에서는 세계의 디바로 불리는 조수미 공연까지 취소되었다. 기업에서는 LG화학이나 삼성SDI 같은 세계 최고의 기술을 가진 베터리 기업들이 견제를 받고, 한류열풍과 더불어 급성장한 아모레 등 화장품 회사들의 매출이 급락했다. 롯데와 같은 기업들이 세무조사를 받는 등 그야말로 융단폭격 같은 공격을 했다.

실상 사드는 공격형이 아닌 방어형 미사일로 일본의 미사일 감지 시스템에 비하면 초보적인 수준임에도 과민하게 반응한다. 이에 대한 논의는 책 한 권을 별도로 할애하더라도 부족할 만큼 길고 긴 스토리이기에 문화, 경제적인 측면만 논하기로 한다.

중국인의 입장에서 한국과 일본으로의 여행은 여러 요인이 혼재한다. 일단 거리상 한국이 가까우므로 가격이 저렴하다. 14억 인구 중 첫 해외여행은 한국으로 선택할 가능성이 높다. 또한 현지 물가를 고려하더라도 일본보다는 저렴하다는 인식에 서민형 여행코스가 될 것이다.

반면 일본으로의 여행은 좀 더 여유 있는 계층이 주로 선택한다. 우리나라 사람들도 미국보다는 유럽행을 택하는 사람들이 다소 여유 있어 보이는 이유다. 여행에서 가장 깊은 인상을 주는 친절이나 대면 호응도는 어떤가? 일단 공항에서 입국 시 다소 경직되고 중국인에 대한 반발적 감정이 있는 것을 인정해야 할 것이다. 첫 대면을 하는 입국 심사 과정에서 심사 업무를 하는 공무원들과 세관 공무원들이 다소 퉁명스럽게 느껴질 듯하다.

일본은 깍듯한 인사 예절이 문화에 만연되어 있어 입국 심사, 세관 검사 시에도 반드시 인사하는 모습을 오랫동안 보아왔다. 인사는 마주치는 순간 호감을 갖게 한다. 편의성을 따져보자면 한국보다는 일본이 유리해 보인다. 물론 지하철 시스템이나 IT, 선택의 폭등을 따지면 한국이 더 앞서가는 듯하다. 한국이나 일본은 같은 한자 문화권이므로 한자를 혼용 사용한다. 일본은 대만이나 홍콩의 번체자와는 달리 중국의 간체자와 유사한 한자를 사용한다. 거리 곳곳에 적혀있는 한자는 중국인들이 낯설지 않은 풍경을 즐기며 여행하기에 불편감이 별로 없을 듯하다. 과거 한자를 많이 사용하던 우리나라는 언제부터인가 우리말 사용하기 운동을 비롯해 한자가 반드시 혼용 사용되던 신문부터 한글로 바뀌게 되었다. 지금은 시내 어디를 가더라도 한자가 적혀있는 상점이나 표시가 별로 없다. 중국인의 입장에서는 생소하고 불편할 것이다.

쇼핑을 가는 경우는 차이가 극명하다. 일본에서 한국을 거쳐 중국으로 가는 중국인 여행객들은 마지막 일본을 떠나는 공항 면세점에서도 쇼핑에 적극적이다. 한국은 대형 백화점 위주로 중국인들의 유치에 열을 올리며 명품의 중개 판매로 인한 마진에 노력하는 듯하다.

일본 나라현의 도다이지를 가노라면 사슴 공원을 지나게 된다. 관광객들과 어우러져 사슴과 함께했던 기억은 잊을 수 없는 여행의 백미였다. 우리의 경복궁을 관광객들에게 소개하기에는 너무나 밋밋한 기분이 든다.

여행은 한 번 간 사람이 자랑하며 반드시 다른 사람을 데려오는 유인 효과가 있다. 덕수궁이나 경복궁이 우리에게는 역사적 의미가 있을지언정 외국인 특히 대륙의 거대 문화를 자랑하는 중국인들에게는 별 감흥을 줄 수 없다고 생각한다. 무언가 재밋거리와 사진에 담을 수 있는 스토리텔링이 필요하다. 그나마 왕실 근위병 교대나 행차 등 조금 진화된 사실에 안도의 한숨을 쉴 뿐이다. 여행은 돈을 쓰러 가기 위한 시간이다. 여행객들이 아낌없이 지출할 수 있는 다양한 아이디어와 노력이 필요하다.

국가 간에는 특수한
상관관계가 존재한다

세계의 여러 나라들은 저마다 독특한 다른 나라와 상관관계를 맺고 있다. 대표적으로 미국은 멕시칸들이 저임금 노동력을 제공하고 있다. 이는 역사적으로도 미국의 땅이 소유가 바뀌기도 하였고 국경을 맞댄 긴 경계선, 경제 수준, 삶의 질 등 여러 복합 요인들이 작용하여 특히 캘리포니아를 중심으로 곳곳에 멕시칸 언어와 문화가 섞여 있음을 알 수 있다.

우리나라는 조선족과 중앙아시아의 고려인들이 연결되어 있다. 대한민국의 모든 요식업종에 조선족 동포들이 없다면 당장 경제가 마비될 정도로 유입되어 있다. 필자 역시 어머님의 입원 기간 동안 도움을 주신 간병인분들도 대부분 조선족분들이었다. 중국은 인민공화국으로서 다양한 민족이 결합한 형태이므로 소수민족과 몽골인이 일부 경제를 책임진다. 싱가포르의 경우 말레이 계통이 생활을 지원하는 역할에 큰 자리를 차지하고 있다. 베트남은 캄보디아나 라오스인들이 관련되어 있고, 태국 역시 국경이 가까운 미얀마 사람들이 경제에 도움을 주고 있다.

유럽으로 건너가 보면, 독일은 과거 주변국들이 소련의 위성국들이어서 터키의 노동자들이 포도 수확기에 유입되어 조건부, 결혼, 사업 등으로 자연스럽게 흡수되었다. 프랑스는 식민지였던 알제리 등 아프리카 국가들로부터 흡수된 인구가 많고 영국은 식민지였던 인도인들을 지금도 택시 등에서 흔히 만날 수 있다. 인도는 아래쪽에 위치한 스리랑카나 방글라데시 등에서 유입된 인구의 저임금에 의존하기도 한다. 이와 같이 나라별로 또 다른 나라와 식민, 인접, 혈통 등의 이유로 독특한 관계를 맺으며 살아간다.

최근 일본노선의 비행기에 유독 베트남의 젊은 사람들이 많이 연결편으로 탑승한다. 일본은 21세기 들어서 잃어버린 20년을 지나 인구의 급격한 감소, 3D의 기피문화, 노령화 등으로 노동인구가 절대적으로 부족하다. 그래서 베트남이나 인도 등에서 저임금의 노동력을 채용하고 있다. 자국인과 동일한 급여를 지불한다고는 보이지 않으며, 산업연수 등의 명분으로 저임금이면서도 노동자들의 입장에서는 자국 대비 현저히 높은 해외소득으로 경쟁이 치열하고 인기가 높다. 비행기에서 기내청소를 하는 노동인력 중 상당수가 외국인이라는 것이 우리나라와 다른 점이다.

필자가 강원도의 모 시장을 방문했을 때의 일이다. 먹거리 시장 입구에서 호객행위를 하는 외국인 노동자들을 목격할 수 있었다. 양성화된 노동력인지 음성적인 노동력인지 알 수 없으나 국가적 차원에서 공식적으로 통로를 만들고 정확한 인구 유출입에 대해 관리해야 한다. 우리나라 젊은이들의 취업 기회가 대체되고 있는지 또는 부족한 인력의 보충으로 효율적인지 엄격한 관리가 필요하다고 느낀다.

34

외국에서 배우는
문화 강국의 조건

각 나라는 저마다의 특징이 있다. 또 장단점이 있음은 물론이다. 우리나라와 관련이 깊은 몇 나라를 살펴보면 미국, 일본, 중국, 유럽 순이다. 그중 가장 깊은 유대관계를 맺고 한국의 정치, 경제, 사회, 문화, 예술 등 모든 영역에서 가장 깊이 관여된 나라가 미국이다. 미국의 전통적인 제조업과 IT 분야는 이미 일본을 거쳐 한국과 중국, 대만 등 다른 나라에 퍼져나갔고 심지어 미국이 따라가기에 버거운 지경까지 이르렀다. 값비싼 임금과 만성적인 노조의 요구에 1970~80년부터 중국으로의 자본과 기술의 이전은 이미 값비싼 대가를 치르며 돌아올 수 없는 경제블록이 되어 버렸다.

미국 대기업의 OEM이나 하도급에 불과하던 중국 기업들이 기술의 탈취, 복제, 이전, 혁신, 개발, 투자 등으로 어느새 주객이 전도되어 버린 상태다. 심지어 항공모함까지 만들어 태평양 진출을 호시탐탐 노린다. 저임금의 생산원가로 극대이익을 창출하려던 계획이 더 큰 손해를 보게 되었다고 판단된다. 이런 비슷한 상황은 현재 우리나라에서도 발생하고 있다.

최근 바이든 대통령의 방한으로 국내 최대 기업인 삼성과 SK, 현대 등 글로벌 기업들이 앞다투어 미국에 공장을 짓기로 약속했다. 현지 진출로 인해 이익을 극대화할 기회이기도 하지만 내부 사정을 돌아보면 고용의 감소, 자본의 유출, 각종 세금의 현지화, 기술의 유출 등 피해를 보는 부분도 만만치 않다. 한쪽에서는 해외의 자본과 글로벌 기업들을 국내로 유치하고자 노력하고 한쪽에서는 해외로 진출하려는 노력을 기울이는 것은 다른 영역인지 상충하는 모양새인지 의아하다. 세일즈 외교라는 말이 있듯이 외국으로부터 국내로 자본과 첨단기술 기업들을 유입하는 외교적 노력이 아쉽다.

또 미국은 각종 인허가 시스템이 체계적으로 수립되고 설립되어 첨예화되는 현대의 산업에서 웬만한 사업을 영위하기 위해선 표준이 마련되고 인증을 거쳐야 수출이 가능하다. UL(제품인증), HACCP(식품 안전 관련), FAA(항공 관련), USDA(유기농 관련) 등 우리에게 낯익은 인증 종류들이 많이 있다. 필자가 근무하던 항공사의 경우 FAA(Federal Aviation Administration 미국 연방항공청)의 허가사항이 꼭 필요한 제품이 대부분이다. 비행기의 동체는 물론이고 내부의 커튼이나 시트까지도 일일이 허가받아야 사용 가능하다. 물론 허가받기 위해서는 비용 지급이 필수적일 것이다.

필자가 지켜본 미국은 허가를 위한 표준을 만들고 도장을 찍어 주며 버는 수입이 엄청날 것이란 부분이다. 우리나라도 선도적으로 신기술을 개발하고 표준을 만들고 허가를 해 주는 인증기관을 많이 만들어 도장 찍고 수입을 올리는 가성비 좋은 국제수지에 관심을 기울여야 하겠다. 일본은 21세기로 들어서면서 1980년대부터 IT를 필두로 질주하던 동력이 사라져 가며 '잃어버린 20년'이란 말이 단생할 정도로 빛을 잃어가고 있다. 그러나 일본이 강한 것은 독보적 기술을 가지고 대체 불가능한 영역에 있는 산업이 많기 때문이다. 생활가전으로 2000년대까지 대학생이라면 폼 나게 워크맨 등 옆에 하나쯤 SONY 제품이나 IOWA 제품 하나씩 가지고 다녀야 패션 감각이 좀 있는 것 같았던 때가 눈에 선하다.

최근에는 반도체 공정의 필수 요소인 불화수소의 수입이 어려워져 국내 최대기업에 상당한 타격이 가해지기도 하였다. 병원에서는 각종 검사장비나 계측기구가 아직 일본제품이 주를 이룬다. 전 세계 모든 국가에서 팔리고 있는 디지털카메라의 렌즈 역시 일본제품이 주를 이루고 있고 심지어 미국 식료품점의 과자류까지 일본제품이 진을 치고 있다. 한국의 찹쌀떡은 유통기간이 불과 며칠에 불과하여 수출이 어려운 반면 일본의 화과 세트에 들어있는 당고(찹쌀떡류)는 약 3개월의 유효기간으로 수출이 가능하고, 선물용으로 미리 구입도 가능하다. 필자가 느끼기에 객관적인 맛은 국산이 더 맛있지만 유통기간의 문제 때문에 구입은 늘 주저하게 된다. 세심한 포장이나 다양한 용도의 일본 식품류처럼 개선이 필요하다.

필자가 중국을 여행할 때였다. 시장 골목을 다니다 보니 대나무로 못질 없이 조립으로만 만든 안락의자가 눈에 들어왔다. 더운 여름날 시원하게 앉아있는 상인을 보니 필자도 앉아보고 싶은 생각이 간절했다. 못질 하나 없이 조립으로만 만든 것이 신기했고, 흔한 모습도 신

| 중국 청두의 시장에서 상인이 수제 대나무 의자에 앉아 손님을 기다리고 있다.

기했다. 나라가 크고 인구가 많으니 별게 다 있다는 생각이 들었다. 오늘날 중국의 제조 능력과 생산비는 향후에도 따라가기 어려울 것 같다. 중국 시장을 돌다 보면 별의별 것을 다 만들어 판다는 생각에 피로를 느낄 겨를도 없었다. 아이들은 하늘로 LED 불빛이 선명한 레이저 총을 쏘거나 날리기도 했다. 또한 하늘에 날리는 연을 파는 가게는 하나쯤 사 보려고 두리번거리던 필자에게 어떤 것이든, 얼마나 길든 요구하는 대로 만들어 주겠다고 했다.

계림의 관광지 호수에서 본 대규모 매스게임 같은 콘서트는 넓디넓은 호숫가에 자리 잡아 먼 산을 병풍처럼 배경 삼아 프로젝터 스크린을 쏘아 장대한 규모를 보여주었고, 청두의 거리를 달리는 전기자전거는 미국과 유럽이 미래로 가고자 하는 방향이 이미 10여 년 전부터 일상화되었다. 어린아이들은 장난감을 살 때조차 핸드폰으로 QR을 찍어 전자결제를 이용하고 광저우의 지하철은 핸드폰으로 일일이 개찰구에 대지 않아도 NFC(Near Field Communication)와 같은 시스템으로 전자지갑에서 요금을 거두어 간다.

싱하이의 공항에서 시내 입구까지 세계 최고 속도 자기부상열차는 시속 420킬로미터를 넘어 날아가는 듯하고 북경의 호텔들은 시대에 맞게 USB 충전과 세계 각국의 스펙에 맞출 수 있는 콘센트가 설치되어 편리함을 제공해 준다. 아직도 미국이나 유럽의 호텔 등에서 핸드폰 충전을 하기 위해서는 프런트 데스크에서 유치금과 더불어 어댑터를 빌려야 하는 번거로움이 있다.

창조는 모방으로부터 나온다고 했다. 광저우나 중국 각 도시의 소위 짝퉁시장에는 유럽의 명품 본사들보다 더 큰 규모의 다양한 디자인 제품들이 즐비하다. 모조 상품에 대한 동경이나 비정상 유통구조에 대한 편승이 아닌 활력 있는 경제구조와 알 수 없는 수많은 디자인의 규모가 새로운 성장을 낳는 씨앗이 되지 않을까 하는 부러움이 앞섰다.

유럽은 전통적으로 관광자원이 많고 구도시와 신도시의 구분이 확연하다. 구도시는 수많은 스토리텔링으로 관광객들의 주의를 끌어들이고 모든 쇼핑에 사후 면세제도(Tax Refund)가 활성화되어 공항에서 돌려받는다. 이것은 마치 공돈을 버는 듯한 느낌을 주어 관광객들의 지갑을 열게 만든다. 또 여행문화가 발달하여 시내 곳곳에서 환전이 가능하며 게스트 하우스 제도가 잘 되어 있어 가족 단위 또는 친구들과의 개별여행에서도 부담 없는 가격으로 숙박하며 스스로 요리를 만들어 먹고 이방인들과 자연스러운 만남도 이루어진다. 상가의 물건들에는 인근 주요 나라들의 언어로 가격과 내용이 표시되어 언어소통이 되지 않아도 물건을 사는 데 불편이 없다. 거리에는 V 또는 VVV, I 등 관광객들에게 안내해 주는 도우미 센터들이 도처에 산재해 있다.

일부 무임승차 이방인들이 30배 정도의 벌금을 물기도 하지만 양심적인 관광객들은 유효한 교통카드로 별도의 검표 없이 자율적으로 탑승, 하차하여 편리한 여행을 할 수 있다.

TOEFL이나 HSK처럼 그 나라의 언어시험으로 인한 각국의 예비 입국자들로부터 엄청난 수입을 올린다. 우리나라 역시 미세한 부분까지 수입증대를 위한 세밀한 노력이 필요하다. 재화의 판매뿐 아니라 인허가, 자격, 관광 편의, 문화체험 등 다양한 국제수지 증대를 위해 노력하며 중국의 다양한 전통식의 제조든 현대식의 제조든 활기차게 성장하는 모습을 경계하고 답습해야 할 것이다. 일본은 우리나라의 입장에서 가장 멀리하고 싶은 나라이면서도 유사한 문화가 많아 가장 배울 점이 많은 나라다.

일본의 예절은 동방예의지국이라는 우리나라보다 더욱 눈에 도드라진다. 그 나라의 첫인상은 공항 입국 심사 때부터 느껴지는데 서비스 업계에서 고객과 만나는 순간 이미 서비스의 질은 결정된다고 말하고 싶다. 모든 나라의 공무원들 특히 심사나 검사 또는 조사를 하는 공무원들의 위압감과 권위적인 모습은 만국 공통인 듯하다. 그러나 일본의 경우 비행기 도착 시부터 문 앞에 항공사와 무관한 브릿지 조작 요원이나 정비사조차도 "이랏샤이마세"라며 첫발을 내딛는 입국자들을 맞이해 준다. 곧이어 여권 심사 시에도 친절하게 안내해 주며 세관 통과 시에도 검사한다는 느낌보다는 문의한다는 느낌으로 친절히 응대한다. 시내 곳곳에 고질적인 시스템의 변화는 눈에 띄지 않지만 외국인이나 관광객들의 편의를 위해 부착물이나 안내 표지 등 노력하는 흔적이 역력하다. 빌딩들이 운집한 시내 곳곳의 일렬로 가지런히 걸린 간판들은 어느 나라에서도 보기 힘든 진풍경이다.

또한 혼밥을 즐기는 국민들이 많아 개인 간 프라이버시 영역이 잘 만들어져 있다. 흡연율이 높다 보니 곳곳에 흡연 부스가 설치되어 있어 무조건 벌금을 부과하겠다는 우리나라와는 확연히 대비된다. 물론 다른 나라에 비해 불편한 점들도 많이 있지만 본받을 만한 모습이 참으로 많은 나라다.

태국이나 베트남 등 동남아 국가들은 가장 역동적이다. 많은 인구와 관광산업으로 고도의 성장을 이룬 태국은 일신우일신(日新又日新)이라고 할 만큼 방문할 때마다 새롭게 바뀌고 커지고 변해가는 역동의 모습에 더 이상 개발도상국이 아니라 할 정도로 빠르게 성장하고 있다. 빈부격차가 크고 아직 지방과의 차이가 나기는 하지만 가장 빠르게 변화하는 나라 중 하나다. 베트남 역시 젊은 세대들이 주를 이루어 역동적이며, 미국에서 역이민하는 Boat People이 튼튼한 자본으로 귀국하여 본국에 투자함으로써 중국 이후 세계의 생산거점으로 급속한 성장을 이루고 있다.

알면 유용한
미국 여행 영어

미국을 여행하거나 그들과 대화할 기회가 있을 때 학교에서 배우기 힘든 표현들이 많이 사용된다.

다음은 여행을 가서 쇼핑하거나 렌터카를 운전할 때 반드시 알아 두어야 할 단어들이다. 미국의 대형마트 등에서 쇼핑을 하다 보면 아래와 같은 표시가 있는 걸 자주 보게 될 것이다.

쇼핑 또는 식당에서 알아 두어야 할 용어들
- Refurbished goods : 약간의 하자가 있어서 수리되었거나 개봉된 제품의 재포장품
- Tab water : 수돗물을 뜻하며 일반적으로 무료로 음용이 가능

- Say When : 얼마나 따라줄까?(술을 따라 주거나 음식을 덜어 줄 때 하는 말)
- Sunny side up : 한쪽만 익힌 계란프라이(boiled egg : 찐 계란)
- Brown Bag : 점심 도시락 또는 포장 봉투
- Here or To go : 매장 내 취식 또는 가져가기
- Dark or Light : 커피를 진하게 또는 연하게
- Green Back : 달러의 물질적 표현
- Bill : 계산서
- Changes : 거스름돈
- Get1 Buy1 : 1개를 사면 1개는 덤
- Black with Ice : 주로 아메리카노라고 하는 얼음을 넣은 커피
- Burger : Big Mac(맥도날드), Waffer(버거킹), Jumbo Jack(잭인더박스), Superstar(칼스쥬니어)

운전할 때 필히 알아 두어야 할 용어들

- Carpool Lane : 2인 이상 탑승하였거나 7인승 이상의 승합차만 이용 가능한 차선
- DMV : Department of Moter Vehicles, 운전면허시험장
- STOP : 주택가 교차지역 곳곳에 표시되어 있고, 반드시 멈추었다가 운전해야 함
- IC : Interchange, 고속도로 출입구가 있는 곳
- JC : junction, 고속도로 간 교차연결이 되는 곳
- HWY : Highway, 도시 간 연계된 도로

- Freeway: 속도를 높여 달리는 빠른 고속화 도로
- BLVD: 가로수가 있는 보통 4차선 정도의 정비된 도로
- Dr: Drive, 구부러진 주택가나 공원, 숲길 등이 표시됨
- St: Street, 보통 시내 건물들 사이로 난 일반도로
- Avenue: 길의 크기보다는 Street와 교차되는 길의 상대적 표현
- Way: 보통 특정된 지역의 작은 길로 끝이 막혀 있을 수 있음
- Lane: 차선, 작은 길
- Rd: Road, 1, 2차선 정도의 좁은 길이나 도시 외곽 길
- Stops: 정거장 수
- Littering: 쓰레기 투기(Litter Removal 2Miles 쓰레기 투척자는 3.2km
  를 청소해야 함)
- Shoulder Driving: Do not shoulder drive(갓길운전 금지)
- PED XING: Pedestrian Crossing, 보행자 건널목
- Metro: 뉴욕 등 주로 지하철 표현
- Muni: 샌프란시스코 등 주로 버스 표현

그 밖에 익숙하지 않은 영어단어들

- GI: Government Issue, 군인을 의미하는 구어체
- Get a clamp: 쥐가 남
- Pool: 6개의 구멍이 있는 포켓볼
  Billiads: 일반적으로 4구 또는 3구 당구
  Solid and Stripe: 포켓볼의 무늬가 큰 공들과 두 줄 무늬가 큰 알
- Odd and Even: 홀수·짝수

- Con and Pro: 찬성 또는 반대
- Whole Produce: 농산물 도매시장
- Greencard: 영주권
- Red Cap: 주로 공항 등에서 여행객들에게 렌터카나 택시를 잡아 주는 등 교통편의를 돕는 사람
- Cop: 경찰을 표현하는 말

36

한국인 vs 일본인 vs 미국인 vs 중국인

한국과 가장 가까운 관계인 일본, 중국, 미국 사람들의 생활태도를 비교해 보고 우리의 장단점을 살펴보기로 하자. 선진 국민이 되기 위해서 고쳐야 할 것과 지켜 나아가야 할 것을 되돌아볼 수 있는 기회가 될 것이다.

먼저 한국인은 부지런하고 빠르다. 마트의 캐셔들은 손가락이 안 보일 정도로 빠른 계산을 하며, 엄청난 작업량을 속도감으로 정확하게 처리한다. 일본의 마트는 고령자들의 점유율이 높아 보이는데 깍듯한 예절을 갖추고 꼼꼼하게 계산하지만 폭주하는 업무량에는 버거울 수밖에 없다. 미국은 언제나 노동자의 권리가 지나치게 높아 보이는데 필자는 이것이 노동자 입장에서는 좋아 보이고 기업가의 입장에서는 비효율적 요인으로 판단한다. 오히려 혜택이 아닌 나태로 보여 한국의 모습이 훨씬 선진적이고 바람직해 보인다.

아침의 출근 모습을 보면 우리나라 대중교통의 대표인 지하철은 러시아워란 말이 실감날 정도로 불과 10분도 안 되는 시간에 다음 차량이 도착함에도 연결되는 바로 전차량에 탑승하여 5분을 절약하기 위해서 뛰어가는 광경은 일상의 모습이다. 이렇게 속도감 있게 움직이며 일을 하는 대한민국이 세계 최고의 국가가 되지 않는 것이 오히려 이상하다. 일본도 거의 비슷한 모습인데 그리 바삐 뛰는 사람도 없고 동료 간 대화를 나누는 사람도 드물다. 각자 핸드폰에 집중하며 무겁거나 진지한 표정으로 앞사람을 가로질러 가는 경우도 별로 없다. 그냥 직진이다. 미국은 폼생폼사 모닝커피를 들고 각양각색의 모습으로 일터로 향한다. 역시 표정은 진지하기보다는 무겁다. 중국은 출근자체가 전쟁인 듯 어마어마한 규모와 숫자에 처음 접해본 사람들은 숨이 막힐 지경이다. 역시 걸음걸이는 빠르다.

점심시간이 되면 한국인은 구내식당이나 인근 식당으로 동시에 향한다. 이 시간은 서로간의 정보를 교환하며 커피를 사고, 나누는 소통의 시간이다. 일본은 간섭 받지 않고 조용히 혼자 식사하려는 모습이 일반적이고 자연스럽다. 식사하며 서로 말하는 것은 예의에 어긋난다고 생각하는 문화이다. 중국인들은 점심식사가 간단한 편이며 우리처럼 다양한 반찬이라는 것이 없어서 빠른 시간 내에 먹고 담배를 피거나 차를 마시며 대화가 많은 편이다. 미국인은 가벼운 피자, 햄버거, 샐러드, 리소또, 핫도그 등 단품으로 커피와 함께하는 식사가 일상적이다. 직장 내에서 밖으로 나가기보다는 내부 시설에서 해결하고 식사 시 대화는 바람직하게 여기지 않는다.

한국은 비행기 도착 시 많은 인원이 동시에 투입되어 불과 30분이

안 되는 시간에 300여 명의 흔적을 말끔히 지워버리고 새로운 출발을 위한 세팅을 거의 완벽하게 한다. 다만 일부 10% 정도의 하자는 늘 옥에 티처럼 보인다. 일본에 갈 때마다 느끼는 것이지만 일본인들은 기내 청소나 케이터링으로 출발 식음료 지원을 하는 경우에도 철두철미하다. 바닥에 떨어진 실오라기조차 손으로 주워 가며, 주고받아야 하는 서류에는 반드시 수치의 일치 여부를 확인하는 치밀함이 보인다. 결과에는 늘 만족하지만 너무나 까다롭게 규칙을 지키는 문화 때문에 속도가 생명인 항공사의 입장에서는 다소 답답하거나 오히려 비효율적이라고 느껴지기도 한다. 속도경영에서는 감점을 주고 싶은 것이 필자의 의견이다.

중국은 경험상 다소 부산하고 대충대충 처리한다는 느낌이다. 그러나 지적하거나 요구하면 언제든 저항 없이 해결하려는 노력을 지원한다. 미국은 일을 잘한다기보다는 잘할 수 있도록 체계가 잘 되어 있다는 느낌이다. 정해진 매뉴얼에 따라 정확히 지원업무를 하지만 현장의 노동 인력은 적은 급여에 적은 기여라도 하는 듯 업무효율이 다소 미흡하다는 생각이 들었다. 하지만 밝은 성격과 웃음을 생활화한 표정들은 참 바람직한 모습으로 기억에 남는다.

정부 기관의 행정지원 등을 보면 우리나라의 첨단 시스템과 운용은 타국의 비교가 되지 않는다. 아직 도장을 사용하며, 상급, 차상급자의 결재를 받는 일본 시스템은 국가 위상과 기술 강국의 위상과는 동떨어진 모습이다. 현장의 권한 이양이 부족하고 정해진 매뉴얼이 아닌 상황에 대한 순발력이 부족한 대응은 여러 번 경험한 바 있다. 미국은 너무나 까다롭다. 모든 경우에 대비한 시스템이 잘 마련되어 있지만 절차가 엄격하여 조금의 하자만 있어도 재량을 발휘할 의지도 없고 해주지도 않는다. 반면 중국은 관대한 편이다. 담당자의 의지만 있으면 될 일도 안 될 수 있고, 안 될 일도 될 정도로 권한이 풍부하다. 평소 공무원들과의 유대관계가 중요한 일 중 하나다. 그런 걸 꽌시라 하는 걸까?

교통수단도 완전히 상이한 차이가 있다. 미국의 경우 지하철을 타면 책을 보거나 신문을 보는 사람이 많다. 우리나라 지하철에서 책을 보는 모습은 최근 거의 사라진 듯해 실망스럽다. 일본은 책 자체가 좁은 공간에서 볼 수 있도록 손바닥 만한 사이즈로 작게 만들어 옆 사람에게 방해되지 않는 범위에서 독서하는 사람이 많다. 반면 중국은 게임이나 고전 드라마 또는 정치색 짙은 영화를 시청하는 사람이 많아 보인다.

이외의 생활 모습에서도 다양한 차이가 나타난다. 아파트 공동생활이 주 생활방식이 된 우리나라는 분리수거 의식과 제도가 잘 되어 있는 나라 중 하나다. 거리 역시 선진국 중에서 가장 깨끗하게 관리되고 있는 듯하다. 아파트마다 분리 기준이 다르고 애써 주민들이 분리해 놓은 재활용품들을 민간업자들은 까다롭게 요구사항이 많은 대신 종류별로 잘 수거해 간다. 그러나 생활 쓰레기의 경우 공공 수거 차량들은 분리의 확인 없이 무조건 압축 차량에 실어 버림으로써 애써 분리할 필요가 없다는 허탈감을 느끼게 한다. 시에서 운영하는 차량은 행정지침으로 엄격하게 분리 배출토록 요구하면서도 거리 곳곳에 쌓아둔 쓰레기는 압축 차량에 모두 섞어 실어 버린다. 분명 스피드 면에서는 세계 최고라고 할 수 있지만 효율 면에서는 아주 후진적이다.

미국은 한국, 중국, 일본과 달라서 탄산음료 외 액체류의 쓰레기가 별로 없다. 주로 일회용품이 대부분이고 압축 차량으로 수거하더라도 재분리 과정이 별로 어렵지 않을 듯하다. 중국은 시민들의 문화수준이 다소 부족하여 길거리에 무심코 버리는 경우가 많아 개선이 요구된다. 그런 면에서는 일본이 습관적으로 잘 정리하고 분리하며 수거하는 기능이 앞서 있는 것 같다. 모든 나라는 나라마다 문화와 의식이 달라 어느 것이 반드시 좋고 나쁘다고 단순 비교하기는 어렵지만 보편 상식적인 기준에서 보면 우리나라는 과거에 비해 현저히 개선되고 발전되어 희망적인 미래가 보인다고 자부한다. 민간부문의 발전보다 성장이 더디게 보이는 공공부문의 개선은 늘 필자의 가슴을 답답하게 만든다.

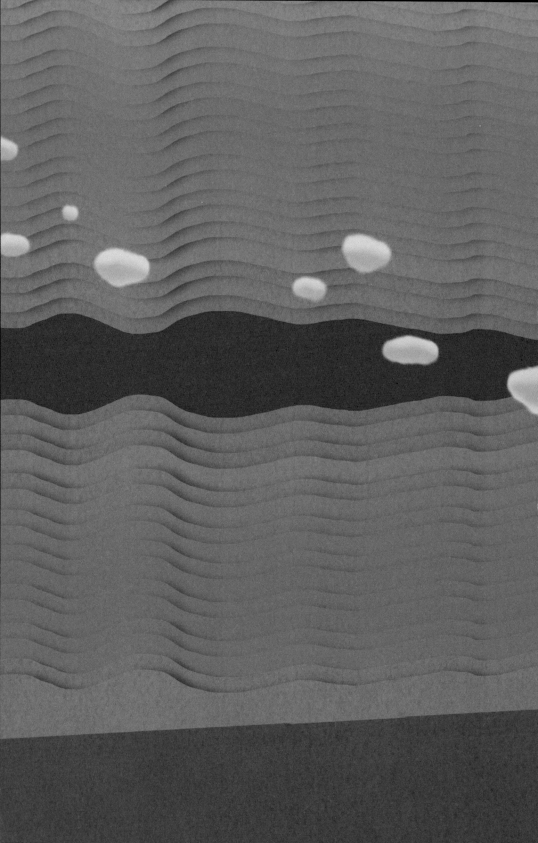

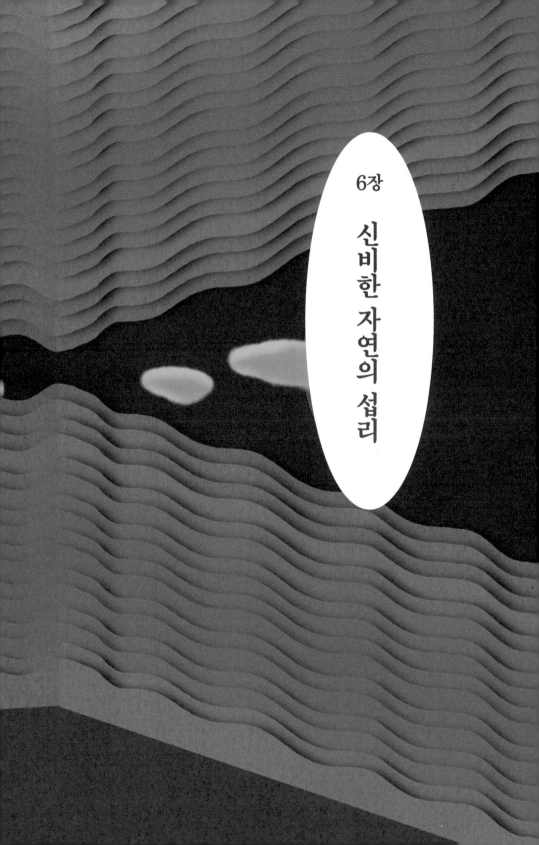

6장

신비한 자연의 섭리

식물의 성장은
경쟁에서 출발한다

　거리에는 가로수가 가지런히 심어져 있다. 어느 나라를 가도 가로
수가 있으며 그 종류도 다양하다. 그 나라의 기후나 공급 능력, 보존
능력, 공기오염도, 병충해 등 많은 조건들을 고려하여 가로수를 심기
에 여기에 대해 궁금증을 가질 필요는 없다. 그러나 필자는 늘 과연
어떤 거리를 조성하고, 어떤 밀도로 나무를 심은 것인지 궁금했다. 또
모내기나 그루갈이를 하면서 왜 한곳에서 심어 그곳에서 자라게 두지
않는지 그리고 왜 어린 잎사귀를 속아주는지, 왜 씨앗은 한 구멍에 하
나가 아닌 둘, 셋씩 넣어주는지도 늘 호기심의 대상이었다. 학술적으
로 체계화되어 정리된 것들이 분명히 있을 것임에도 불구하고 필자의
게으름과 비전공의 핑계로 찾아보진 못했다.

　나름의 상상력과 환갑을 넘은 나이의 경험을 토대로 판단해 보고

이에 대한 확신을 이기적이나마 단정지어 본다. 우선 모내기는 어린 씨앗이 빨리 발육하도록 하기 위하여 씨앗의 배양이 잘되는 모판에 촘촘히 씨를 뿌려 싹을 틔운다. 벼뿐만 아니라 대부분의 씨앗은 이런 배양토에서 길러지게 된다. 마치 아기들이 이유식을 먹으며 성장의 준비를 하는 것과 비슷한 원리다. 일단 어느 정도 자생되면 배양토(이유식)보다는 다양한 영양성분을 필요로 한다. 그래서 옮겨심기를 하는데 성장하게 되는 거리는 식물마다 스스로 지지하는 탄성이 다르므로 옆에 서로를 기대야 하는 식물은 촘촘하게 심어 경쟁하듯 싹을 틔울 수 있도록 해준다. 스스로 나무가 되어 자랄 수 있는 것들은 서로의 뿌리가 방해가 받지 않을 만큼의 충분한 거리를 두고 심어준다. 그리고 성장하면서 곤충이 허물을 벗고 탈피하듯 그루갈이를 하여 좁은 공간을 좀 더 뻗어 나갈 수 있도록 해야 한다.

가로수의 경우 가장 중요한 것은 햇빛을 충분히 받을 수 있도록 해주어야 한다는 것이다. 잎이 스칠 정도의 간격으로 자라다 보면 햇빛을 받기 위하여 성장에 집중하게 되고 경쟁의 원리로 빠르고 강하게 자란다. 가장자리가 닿을 듯한 거리 정도를 두고 심는 것이 가장 이상적이다. 또 씨앗을 한 구멍에 두세 개씩 넣어주는 것은 혼자만의 공간에서 성장을 게을리하는 씨앗의 천성에 강한 생존본능을 불어넣어 그 단단한 땅을 뚫고 나오도록 경쟁시키는 것이다. 여리고 가느다란 줄기로 단단한 돌멩이와 땅을 헤치면서 나오는 생명력은 얼마나 위대한가? 농부는 어린 씨앗의 노력을 조금이나마 덜어주기 위하여 단단한 땅을 괭이질로 솎아서 부드럽게 하여 자연스럽게 나올 수 있도록 해주는 것이 자신의 역할이다.

포도로 유명한 독일은 산지별로 토지 등급을 매기고 그곳에서 생산되는 포도에 특별한 이름을 붙여 차별화한다. 평지가 있을 수 있고 비탈이 있을 수 있다. 비탈진 경사에, 석회성분이 다량 들어있어 물 빠짐이 빨라 메마르고 척박한 땅이 최고의 포도를 생산하는 땅이라는 사실에 경외를 느낀다.

　'땅'은 불어로 Terroir(테루아)라고 하며, 영어식 표현은 Terrain이다. 가장 나쁜 테루아가 가장 좋은 포도를 만든다는 말이 있다. 포도의 뿌리는 척박한 토질에서 수분을 흡수하기 위해 엄청난 노력을 기울여야 하고, 이렇게 얻은 수분은 쉽게 증발되지 않도록 튼튼한 껍질로 수분을 함유하여 최고의 당도를 가진 포도가 탄생한다. 땅은 퇴비로 비옥하게 만들어 주어야 식물에 영양을 공급하게 되는데 아이러니하게도 가장 더러운 땅은 가장 훌륭한 땅이 된다. 각종 음식물 찌꺼기나 주변에서 거두고 채취한 여타 식물의 잔여물 등은 서로 섞여 썩어가며, 다시 토양으로 되돌아가 영양 가득한 퇴비로 순환하는 자연의 이치를 따른다. 물론 섞여야 하는 것은 인간이 의도적으로 만들어 낸 화학적 쓰레기가 아닌 자연에서 나서 자연으로 돌아가는 재료들이어야 한다. 자연은 땀을 뿌린 만큼 얻어간다고 하지 않았던가! 인간과 자연 모든 것이 하나일 수밖에 없고, 이 모든 것이 얽히고설켜 살아가는 세상은 너무나 신기하다.

자연은 성장통을
겪으며 진화한다

　농사를 짓는 농민이면 알고 있는 사실이 있다. 해살이가 있고 그루
갈이가 있다. 필자는 농민은 아니지만, 집 부근 작은 땅을 빌려 텃밭
농사라도 몇 년을 지어보며 그동안 알지 못했던 신기한 경험들을 할
수 있었다. 자연의 수확은 경작하는 농민들의 피와 땀이 가장 중요한
순서이다. 적당한 일조, 적당한 강우량, 적당한 파종 시점이 풍작과 흉
작을 결정하는 중요 요인들이다. 같은 땅 같은 농부가 농사를 지어도
자연현상이 동일하다는 전제하에 어느 해는 풍년이요, 어느 해는 흉
년이라면 어떻게 설명해야 할까?

　가축을 방목하는 툰드라나 몽골초원의 목축인들은 한곳에 머물지
않고 돌보는 가축들이 적당한 먹이를 구했을 무렵 또 다른 지역으로
이주하여 머물렀던 지역의 땅이 다시 자리를 찾아 고귀한 땅으로부터

먹이를 뿜어내도록 배려한다. 한여름 복숭아나 가을 대추 열매에도 진통은 따른다. 필자는 아침마다 아파트 단지를 뛰며 운동하는 일상의 반복이 있는데 어느 날에는 나가기 싫거나 특별히 피곤하게 느껴지는 날이 있다. 땅도 마찬가지다. 이런 현상을 해살이라고 한다.

열매들이 열리기까지 한여름 이글거리는 뜨거운 태양을 다 받아들이며 신선한 과육을 만들기 위해 담아두어야 한다. 그리고 어김없이 찾아오는 태풍과 폭우를 또 견디며 작은 줄기 하나에 큰 몸을 대롱대롱 매달리며 안간힘으로 자신을 보호한다. 그 작고 달콤한 열매 하나에는 뜨거운 태양이 녹아 있고, 태풍도 잠시 쉬어가고 있으며, 폭우 속에서 겨우 작은 물방울 몇 방울만을 끌어안으며 농부의 눈과 입을

| 내장사의 곶감나무

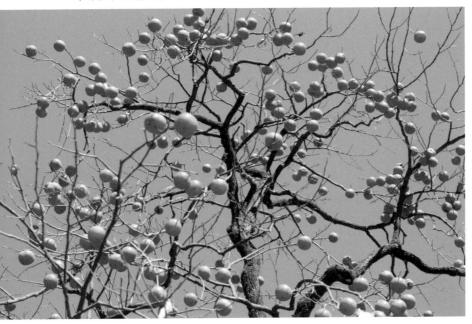

유혹한다. 자연의 법칙은 땅에서만 벌어지지 않는다.

인간사 역시 고통과 아픔, 상처, 후회, 인내, 반복 등 갖은 역경을 견뎌냈을 때 비로소 목표 달성이나 성공의 문턱으로 성큼 다가서게 되는 법이다. "상처 입은 조개가 진주를 품는다"라는 말이 있다. 인간은 자연이고 땅 역시 자연이다. 모든 자연의 법칙은 한 발짝 물러서는 지혜로부터 더욱 힘차게 앞으로 나아갈 수 있다는 사실을 우리에게 보여준다. 이런 진리를 볼 수 있는 것이 바로 지혜다. 고대 철학자들이 그토록 열띤 토론을 하며 정당성을 갖추고자 갈구하였던 Sophia이다. 그래서 지혜를 사랑하는 것이 철학(philosophy)이라고 하는 모양이다.

어느 해 애지중지 기르던 나무에서 과일이 부실하거나 제대로 달리지 않았다고 해서 황금알을 낳는 거위의 배를 가르는 것처럼 뽑아버리는 어리석음을 범해서는 안 될 것이다. 다음 해에 더 큰 선물을 안고 돌아올 때를 기약하며 올해는 몸살을 겪으며 견뎌내는 중이기 때문이다. 해살이로 거듭나고자 하는 나무들을 사랑스러운 눈길로 바라보아야 할 것이다.

태풍의 명암

여름 장마철이 되면 우리나라는 어김없이 태풍을 맞이한다. 이때가 되면 농촌의 벼는 한참 알이 차서 풍요로운 수확을 꿈꾸는 농부의 마음을 졸이게 한다. 원양어업보다는 가두리 양식이 생활의 주 소득원이 된 남해안의 어민들도 애써 한 해 또는 몇 해를 지켜온 어족자산이 거친 파도에 휩쓸려 망연자실해지기도 한다. 부실한 건축물은 토사로 인해 축대 붕괴나 침수로 이재민이 속출하기도 한다. 산간벽지에 자리 잡은 군부대 역시 총 대신 삽과 곡괭이를 들고 판초 우의를 입은 국군 장병들이 진지 보수나 도로 정비로 땀을 뒤집어쓴다. 그렇다면 모든 사람들에게 태풍은 과연 절망적 자연현상인가? 그렇지 않다. 자연현상은 한쪽의 피해는 반드시 또 다른 반대편의 사람들에겐 축복과 같은 신이 내리는 선물로 받아들인다.

예로부터 한 해 풍년이 들면 백성이 배를 불리고, 가뭄으로 농사를 망치면 임금은 달콤한 과일로 풍요로운 식탁을 맞이했다고 한다. 장마는 밭작물과 산림에 도움을 주며 가뭄은 과일의 당도를 높여준다. 비단 좁은 시각에서만 이익 불이익을 따져볼 일은 아닐 듯하다. 국토 전체에 쌓인 먼지를 말끔히 씻어 줌으로써 먼지나 분진으로 인한 국민건강에 보이지 않는 도움을 주기도 한다. 전국의 산천초목에 물을 인위적으로 뿌릴 경우 천문학적 비용이 소요된다. 장마로 인한 강수량은 댐에 가두어 조정한 후 두고두고 나누어 쓰는 물관리 산업은 하늘에서 내린 보물과 같다. 바다는 어떤가? 고여 있는 근해 바다와 먼바다의 어족을 교차시켜 먹이사슬을 이어주고 바다 바닥에 쌓인 침전물을 회전시켜 풍부한 플랑크톤의 먹이를 띄움으로 어족을 늘리는 역할도 한다. 물은 한여름의 뜨거운 대지를 식혀주고 바람을 만드는 원천 역할이 있기에 자연스레 에어컨 효과를 주어 타들어 가는 농심을 달래기도 한다.

예측하지 못하거나 과도한 태풍은 일부 피해를 보는 입장에서는 하늘이 원망스러운 일이지만 전체적인 효과로는 실보다 득이 크겠다는 생각이다. 다만 이런 전체적 득으로 극심한 피해를 보는 집단을 도와주고 살피는 것이 정치요, 선진국의 국가관리 시스템이다. 여러분들이 사는 집 근처 연못이 고기 한 마리 잡히지 않던 곳에서 어느 날 갑자기 물고기가 많이 잡히기 시작한다면 아마도 지난 장마철의 태풍에 바다의 용오름 현상으로 날아온 물고기가 떨어져 생식을 늘렸을지도 모를 일이다. 눈, 비, 태풍, 이 모든 자연현상은 지구를 적절히 관리하기 위해서 필수적으로 있어야 하는 신의 산물이다.

볼수록 신비한 바다

삶이 고되고 지친 사람들은 종종 도시를 떠나 바다로 향한다. 탁 트인 바다를 보면서 모래사장을 걷기도 하고, 더 낭만적인 사람들은 모래집도 지어본다. 또 바다가 잘 보이는 멋진 레스토랑이나 횟집 등에서 노니는 연인들을 바라보거나 바다의 너울을 물끄러미 바라보며 과거의 후회를 정리하거나 미래의 다짐을 되새겨 보기도 한다.

이런 아름다운 바다는 매일 우리 생활에 접해 있으면서도 많은 비밀을 숨기고 있다. 그 아래 무궁무진하게 숨겨져 있는 원유, 광물, 가스 하이드레이트, 셰일오일 등 자원적 가치는 차제하고 살아 숨 쉬며 인간들에게 먹이사슬로 연결되어 끊임없이 쫓고 쫓기는 게임을 벌이고 있는 바다의 어족들이다. 많은 바다 생명 중 너무나 광범위하므로 어족에 한하고자 한다. 석양에 황홀한 오렌지색 하늘이 펼쳐질 무렵

이면 갯벌이 드넓게 드러난 바다는 정말 몽환적이다. 사바나의 뜨거운 대지가 식을 때 초식동물과 육식동물들은 마지막 정리를 하며 안전한 곳으로 수면을 위하여 이동하거나 마지막 사냥을 나서기도 한다. 어떤 바다는 새들로 가득하고, 어떤 바다는 그냥 다소 비릿하고 짠 내음 섞인 해풍이 전부인 썰렁한 곳도 있다. 과연 무슨 이유 때문일까?

우리나라 천수만 등지에 해 질 무렵이 되면 하늘 가득히 아름다운 석양을 시샘하듯 날갯짓으로 가려버리며 군무를 하는 수많은 새들이 곡예비행을 시작한다. 정해진 규칙이나 소리나 리더가 없으면서도 일사분란하게 움직이며 개별행동은 다르지만, 전체의 목적이나 방향 등 큰 그림은 신기하리만큼 똑같다. 어찌 저리도 정확하게 뜨고 내리고 방향을 트는지 알 수 없다. 바닷속에는 청어 떼나 멸치 떼 같은 어종이 포식자의 출현에 동시에 한 방향으로 달아나거나 빙빙 원을 돌며 위장 수영을 시작한다. 우리는 새들이 가득하게 날아다니는 갯벌을 보며 또는 바다를 보며 어족이 풍부해서 새들이 영양을 섭취하기 위해 날아온 것으로 생각한다. 그 많은 새들이 매일같이 매년 수십, 수백 년을 같은 곳으로 와서 영양을 채우는데도 어족이 풍부한 것은 무슨 이유일까? 어족이 풍부하기 때문에 새가 오는 것일까? 새가 많기 때문에 어족이 풍부한 것일까? 후자의 문제에 코웃음을 치는 독자가 없지 않을 것이란 생각이다. 일반적인 생각과 다르기 때문이다. 이것의 원인도 역시 알 수 없는 문제다. 계란이 먼저냐, 닭이 먼저냐이다.

그런데 언젠가부터 어족이 풍부한 원인이 새가 많아서이고, 새가 많은 것은 많은 배설물을 동반하며 이 배설물은 풍부한 인이나 철분이 함유되어 동물성 플랑크톤 증식의 필수적인 자원이라는 것이다.

| 갯벌에서 먹이를 찾는 갈매기들

고래의 배변은 엄청난 플랑크톤의 생성과 바다의 기초 먹이군의 생성
이 큰 기여를 한다는 것은 밝혀진 사실이다. 모두가 인정하다시피 작
은 동물과 생물은 번식력이 강하다. 티라노사우루스나 매머드는 환경
의 변화를 이기지 못하고 사라져 버렸지만, 바퀴벌레나 작은 실지렁
이 같은 생물은 꾸준히 번식하며 종을 지켜왔다.

스스로 천적이 많고 약하여 잡아먹히기 쉽기 때문에 진화하여 번식
이 왕성하게 된 것이다. 플랑크톤은 그들을 취식하는 수요자인 작은
물고기에 맞추어 적정개체를 유지하며 증식하였다. 작은 고기, 새, 배
설물, 플랑크톤의 순환 먹잇감이 되면서 계속 개체수가 유지되는 것
이다. 새들이 겨울 여행을 들고나며 그들의 경로에 새로 세워진 도시
의 불빛으로 길을 잃어 개체수가 줄어들면 배설물이 줄어들고, 줄어

든 배설물의 양에 적응하기 위하여 단기적 진화를 거쳐 적정량의 플랑크톤이 증식되는 이런 무한궤도 속에서 환경이 유지되어 왔다.

가장 급격한 변수는 인간의 행동이다. 도시를 세우고, 폐수를 버리며, 항구를 만들고 물길을 바꾸어 오랜 환경의 조건들을 순식간에 바꾸어 버림으로써 새들의 증가나 어족의 증가가 따라갈 수 없는 시간적 비대칭이 발생한다면 이런 하늘과 바다의 절묘한 조화도 새로운 모양으로 바뀔 수밖에 없다. 개발이란 명목으로 바다를 막고 하천을 막고 호수를 메워버리는 우리의 행동들이 과연 경제적 가치조차도 이익을 거둘 수 있는 것인지 생각해 볼 기회를 가져야 하겠다.

또 다른 신비는 물길이다. 비행기를 타고 필자는 늘 호기심과 경이에 찬 눈으로 바다를 본다. 다른 사람들이 바라보는 초점과는 다소 다르게 바라보았다. 필자가 현자이거나 예지력이 있는 범상치 않은 사람이기 때문이 아니라 늘 궁금증과 호기심을 버리지 않고 살아가는 습관적 행동일 뿐이며 여기서 약간의 지혜를 터득하였기 때문이다. 비행기가 바다에 인접한 공항을 낮게 날 즈음 바다 표면을 보면 이상한 물띠 같은 모양을 볼 수 있다. 얼핏 보면 기름띠 같아서 인근의 배가 지나가면서 뿌려진 오염이라고 생각하거나 그냥 햇빛에 반사되는 각도의 착시로 보인다.

필자는 오래전 아이들을 키우며 〈니모를 찾아서〉라는 애니메이션 영화를 본 적이 있다. 이 영화 속에서 주인공인 물고기 니모가 바닷속을 헤매다 물길 속에 고속도로에 쓸려 먼 곳으로 빨려 들어가 버린다. 물속에는 고속도로가 있을까? 빠르고 늦은 물살이 따로 있을까? 동일한 곳에서도 간조가 되는 동안에 만조가 될 수도 있을까? 정답은 모두 예스다. 물속도 지상의 산과 들처럼 지형이 동일하다. 다만 물이 채워져 있을 뿐이다.

물속의 입장에서 보면 우리는 어쩌면 모두 높은 산 위에서 살고 있다고 볼 수 있다. 필리핀의 해구 같은 곳은 깊이가 수 킬로미터나 되는 곳도 있는 것을 보면 아마 에베레스트산이 있는 것처럼 물속에도 그만큼 높은 깊이의 골짜기도 있다. 산 위에 오르면 기압도 다르고 산소량이 다른 것처럼 물속도 수압이 다르고 산소 밀도도 다르다. 높은 하늘에 제트류가 흘러 비행기를 더욱 빨리 밀거나 방해하는 것처럼 바닷속에도 빠른 조류가 있고 늦은 조류가 있다. 얼마 전 해운대에서 수영을 즐기던 피서객들이 이안류에 휩쓸려 사고를 당한 것처럼 동일한 장소에 파도가 밀려오는 시간에 역으로 파도가 밀려나 떠내려가는 경우가 있다.

바닷속에도 지상처럼 태풍이 있고 화산이 있다. 용암분출이나 쓰나미가 그런 것이다. 바다 표면에 보이는 긴 띠 같은 모양은 아마도 그 밑에 깔려 있는 지형이 그런 모양으로 생겼기 때문이다. 다른 물의 흐름은 다른 물결의 파장을 전달하여 표면에 나타난 너울의 높이나 주기를 바꾸고 이런 모습이 비행기로 지나가며 순간적으로 햇빛에 반사되어 길게 띠처럼 보이는 현상일 것이다. 기회가 된다면 반드시 비행기가 지표상 가까울 때쯤 바다 위를 바라보며 길게 늘어져 있는 물띠를 찾아보기 바란다. 또 다른 여행의 묘미가 될 것이다.

41

자연의 신비

　자연은 참으로 오묘하다. 인간 중심으로 보든, 자연 속의 인간으로 보든 끝도 없이 무한하고 결코 우리 생의 순간 동안 다 알 수 없는 것들이다. 필자가 평생을 타고 다녔던 여객기는 37,000피트(약 10킬로미터 이상) 정도 상공에서 날아다니는데 하늘에는 제트기류라는 게 있어서 마치 고속도로를 달리듯 배풍으로 가면 미국까지 왕복 2시간 이상 차이가 나기도 한다. 또 반대로 갈 때는 이를 피하여 역풍을 피한다. 바닷속도 빠른 조류가 있다.

　영화 〈니모를 찾아서〉를 보면 바닷속 빠른 유속에 휩쓸려 멀리 떠내려가 버린 주인공 니모의 이야기가 나온다. 다소 과장이 있기는 하지만 분명 바닷속에도 빠른 해류가 존재한다. 몽골의 사막과 중동의 사막도 신기한 것은 마찬가지다. 수년 전에 몇백 년 동안 사막이던 곳에 비가 내렸는데 그 후 풀이 자라기 시작했다는 기사가 있었다. 수백 년 동안 그 뜨거운 사막의 모래알 속에서 참고 기다리던 씨앗이었을까? 비에 묻혀온 것일까?

메마른 호수는 물이 다 말라버려도 다시 채워진다면 어디서 나타났는지 나시금 메기 등 물고기들이 헤엄치는 것을 볼 수 있다. 믿기 어렵겠지만 물이 말라 다시 담수가 채워지기까지 어느 정도 기간은 스스로 생명의 동력을 최소화해 수분을 끈적이는 액체로 유지하며 진흙 속에서 비를 기다리는 물고기들이 있다. 다른 육지의 동물들도 신비하기는 마찬가지다.

세렝게티 초원에서는 매일 누우 떼의 새끼들이 태어나며 이를 노리는 사자와 하이에나 등이 득실거린다. 살아남기 위해서는 가장 빠른 사자보다 빠른 가장 느린 누우가 되어야 한다. 태어나자마자 털이 마르는 30분 정도가 지나면 신기하게도 걷기 시작하고 걷는 것이 가능하면 곧 뛰기도 한다. 어떻게 태어나자마자 뛸 수 있을까? 우리 인간은 오랫동안 양반다리를 하고 앉았다 일어서도 한동안 다리를 펴지 못하는데 참으로 신기하다.

바닷속에서도 문어나 오징어는 수시로 자기 몸 색깔을 바꾸어 천적을 피하기도 한다. 어떤 생물체는 암수가 한 몸에 있기도 하고 스스로 성별을 바꾸어 암수가 바뀌는 동물도 있다. 필자는 무신론자이지만 이 정도 되면 신의 존재를 믿어야 하는 강박증이 생기지 않을 수 없다. 필자 나이 60세를 넘어 생각과 감정은 어린 시절 또는 20대의 불같은 청춘과 별로 달라진 것이 없다. 하지만 머리카락 색이 바뀌고 약간의 피로에 지쳐 몸을 눕히고자 하는 생각이 점점 많아지는 것을 보면 이 또한 자연의 섭리로 받아들이지 않을 수 없다. 그냥 자연이 정한 대로 신이 주시는 대로 만족하며 욕심을 버리고 살아가고자 한다. 하루하루가 선물이라는 말처럼 오늘 또 하루를 건강하게 지낼 수 있었음에 감사하며 오묘한 자연의 신비에 또다시 두근거리는 호기심으로 가득 차 이 자연의 신비를 경외코자 한다.

7장

다원화된 사회는 열린 시각으로 바라보자

42

바이러스 만연의
시대를 사는 지혜

우리는 지금 제3차 세계대전을 치르고 있다. 어쩌면 그보다 더 심한 고통을 겪고 있는 것인지도 모른다.

육십 평생 살아오면서 가끔 나이 드신 어르신 분들에게 6·25 전쟁과 일제강점기의 이야기를 듣곤 한다. 그러면서 곧 나오는 무관한 그저 옛날 이야기일 뿐이고 굳이 현실의 물질적 풍요를 누리며 사는 내가 감정이입이 되어 불필요한 상상으로 인한 슬픔이나 연민, 위기의식 등을 느낄 필요는 없다고 생각하며 살아왔다.

그러나 2020년 2월부터 시작된 바이러스 전쟁은 이제껏 듣고 느꼈던 여러 사회현상과는 그 급이 다르다. 과거 역사를 살펴보면 중세 유럽을 휩쓸어 막대한 인구를 감소시킨 흑사병이 있었다. 아메리카 대륙에는 지금의 미주지역인 아스텍 문화나 멕시코 등 중앙아메리카의 마야, 남쪽의 페루 중심의 잉카문명이 번성했다는 기록이 있는데 유럽에서 건너온 식민지 개척자들과의 전쟁에서 패하여 문명이 사라져 버렸다. 이들이 국가로 불리지 않고 문명이라고만 기록된 것은 행정 조직 등 국가의 정의를 내릴 수 있는 조직보다는 여러 공동체가 이루어진 모양이라서 문화 중심의 해석으로 문명이라 불리는 듯하다. 여러 가지 설이 분분하나 전쟁보다는 유럽인들에 의한 바이러스의 감염으로 전멸되었다는 설이 강력하다. 아마도 오랜 전쟁으로 씻지 못하고 먹지 못하여 질병에 감염된 상태에서 전쟁을 치르며 따스한 날씨에 적응해서 살아가는 노출된 피부에는 감염 전파가 빨랐을 것으로 추정된다.

건강은 청결과 영양공급이 가장 중요한 방어무기다. 당시 지속되는 이동과 식량의 부족은 사소한 상처에도 파리가 들끓을 수 있었고, 이런 환경이 이질이나 콜레라, 장티푸스, 독감 등 바이러스 생성에 최적화된 환경이어서 막대한 인명 손실은 가히 추측해 볼 수 있다. 그러나 오늘날 절대빈곤과 청결이 어지간히 해소된 환경에서 필자를 포함하여 우리들은 태어나 처음으로 개인의 자유를 제지당해 보며 늘 마스크를 착용하는 불편을 겪고 사람들과의 관계에서 불신과 거리감을 자연스럽게 형성하게 되었다.

처음 신문방송을 통해 바이러스가 소개되었을 때 필자는 바이러스의 존재를 믿지 않았으며, 발전하여 유행병이 되리라고도 생각하지 않았다. 아마도 당분간 수년 동안은 이 바이러스에 숨어있는 진실이 무엇인지 알 수 없을 것이며 어쩌면 내가 살아있는 동안에도 그저 갑론을박하는 미결 난제로 남겨질 수도 있겠다는 생각이다. 이미 오래 전 일이지만 모든 사람의 뇌리 속에서 거의 잊힌 듯한 메르스, 신종 플루, 사스처럼 어쩌면 필자가 지나치게 의심을 증폭하여 확증편향을 하고 있었는지도 모를 일이다. 다수의 사람이 생각하는 중국의 은밀한 실험실 스토리인지, 미국의 치료 약을 팔기 위함이라는 음모론인지 또는 미국과 중국의 양분한 이익에 부합하는 콜라보인지 여러 가지 경우가 있을 수 있지만 어느 하나 증거도 없고 확신을 갖기도 힘들다. 다만 지난 역사 속에서 언제나 규명되지 않았던 의혹들이 있었고 충분히 의도가 있을 수도 있다고 상상해 볼 뿐이다.

2020년 즈음 세계 각국의 리더들은 공교롭게도 같은 시간대에 위기의 사선에서 자신의 운명을 시험했다. 미국의 대통령은 튀는 행동과 즉흥적인 화법으로 차후 선거에서 이기기 어렵다는 사실로 조급증을 불러왔고, 장기 집권에 눈이 먼 푸틴은 소비에트 탄생의 배경이었던 러시아혁명의 악몽을 잊지 않으려 몸부림치며 우크라이나 전쟁을 촉발했다. 모택동과 동급으로 자신의 생을 마감하고픈 시진핑 역시 밤잠을 편히 잘 수 없었을 것이다. 독일의 메르켈과 프랑스 마크롱 역시 과반의 지지를 얻기 힘든 상황에서 사람들이 자주 모여 정부 정책에 반기를 드는 모습을 지켜볼 수만은 없었다.

우리나라 역시 대선과 조국 사태로 시끄러웠던 민심을 잡기 위해 돌파구가 필요했던 무언의 합치점이었다고나 할까. 여하튼 각국의 지도자들은 늘 바람 잘 날 없겠지만 특히 이번 바이러스 사태가 발생한 시점은 무언의 만장일치처럼 사람들이 모이지 않기를 공통으로 바라고 정부가 강력한 규제나 힘을 갖고자 하는 절묘한 타이밍의 순간인 듯하다. 국내에서는 한 행정구역의 도지사가 보기 드문 행정명령이라는 강한 규제로서 사람들을 통제할 수 있는 명분을 갖게 되었고 육십 평생 본 적 없는 업소 강제 폐쇄, 공원 취음 금지 등 선한 의도의 악한 시행들을 자주 목격할 수 있었다. 필자는 지금도 과거 비위생과 영양 부족이 만연하던 시절과 비교하여 바이러스의 실체에 대해서 신뢰하기 어렵다.

인간은 빙하기마저 거치며 수억 년을 생존해 왔다. 빙하기 때는 난방이나 식량, 주거시설 등의 부족으로 희생이 많을 수밖에 없었을 것이다. 전쟁은 논할 필요가 없고 유럽의 흑사병은 불결한 환경과 특이한 기후의 영향으로 사망이 급증할 수밖에 없었다. 이 모든 것들은 외부적 환경의 변화가 인간의 생존에 영향을 주는 요소들인데 인간은 그 가운데서도 살아남을 수 있었다. 또한 생물학적으로는 수많은 바이러스와 공존과 사투를 벌이며 면역이라는 축복 속에 인류는 그 수를 늘릴 수 있었다. 지금은 의학의 발전과 식량 산업의 발전으로 사망을 줄이게 되어 평균수명이 늘어나는 시대에 살고 있다.

지금도 인류는 수없이 많은 바이러스와 그 변이의 폭증 속에서 살아간다. 굳이 코로나가 아니더라도 더 강력한 바이러스들도 많다는 말이다. 예를 들어 학교에서 돌아온 자녀가 식탁 위에 놓여있는 찐 옥수수 한 개를 발견하고 허기에 지쳐 당장 집어먹고자 할 텐데 그 순간 어머니가 파리가 오래 앉았다 가는 것을 보았기에 유충이 있을 수 있다고 한다면, 그 자녀는 과연 옥수수를 먹겠는가? 바로 내려놓을 것이다. 그때 어머니가 웃으며 농담이라고 한다면 다시 집어 들기는 하겠지만 조금 찜찜하다는 생각을 할 것이다. 이것은 옥수수와 파리의 진실 관계가 중요한 것이 아니고 그 옥수수를 먹고자 했던 사람의 머릿속에 들어있는 상상력이 문제다.

인간은 매년 끊임없이 감기와 독감과 싸운다. 그런 바이러스들은 대개 수명이 짧기 때문에 매년 다년생의 바이러스라고 보기 힘들다.

늘 다른 종이 생기기 마련이다. 이번 바이러스 사태가 발생한 시점에 초기 공항 출입국의 통제 현실을 보면 참 허탈하다. 중국에서 온 비행기들을 통제하는 방역 인원들이 한국어로 자신 있게 큰소리로 "중국에서 오신 분들은 이쪽으로, 다른 나라와 한국 분들은 이쪽 줄로 오세요"라고 소리쳤다. 일부는 눈치껏 중국인 줄에 섰고, 일부는 고의든 무심코든 한국인 줄로 서서 나뉘게 되었다. 그 옆을 근무를 마치고 지나가던 필자는 웃음을 참을 수밖에 없었다. 중국인에게 한국어로 아무리 큰소리로 안내를 해 봐야 말 그대로 '소귀에 경 읽기'인데 그러고 있었으니 말이다.

시내에서는 또 어떤가? 확진자 한 사람이 지나갔다는 사실 하나로 대형 쇼핑몰을 통째로 폐쇄하고 인원 추적을 했다. 하루 수만 명이 넘는 현실에서 오히려 일상으로 복귀하자는 여론이 더 높아가고 있는 실정이었다. 결국 자영업과 개인 사업을 하는 수많은 국민들이 희생이 가장 컸다.

일상 영업의 감소, 대인관계 기피, 요식업 축소, 대리운전 실종, 향락산업 파산, 백년대계 학교문화 퇴보 등 이루 말할 수 없는 사회적 피해만을 남기게 되었다. 관련 내용만으로 책 한 권을 채워도 될 만큼 많은 갑론을박이 있을 수 있겠지만 필자의 이기적이고 편향적인 관점에서 보면 결국 가장 위험한 사실은 의학적 바이러스로 인한 피해보다는 사람들의 두려움, 공포, 무지, 맹목, 불신, 남 탓 등 부정적 사고와 행동들이 가장 피해가 컸을 것이다. 그리고 미국의 화이자, 영국의 아스트라제네카, 독일의 얀센, 중국의 시노팜, 그리고 러시아의 스푸트니크 등 자국의 우호국과 시장에 영향력 행사를 하려는 백신보다는 모든 지구촌 국민들의 신뢰, 용기, 믿음, 지식, 정보, 확신 등이 피해를 줄이고 자신 있게 또 다른 생을 이어가는 가장 중요한 요소들이라고 생각한다. 생태계의 생명들은 최악의 조건이 주어질 때 최상의 진화를 거치며 생존해 왔다. 이미 우리 몸은 수천, 수만 가지 이상의 바이러스 리스트를 무의식적으로 기억하며 진화하고 있다. 그러니 지나친 걱정보다는 찬 서리 내리며 단풍이 찾아들 올가을에는 단풍을 맞으러 밖으로 힘찬 발걸음을 내디뎌 보자.

바람직한 언론의 길

얼마 전 모 유명 일간지의 기자가 쓴 '살인적인 한국의 물가'라는 기사를 읽은 기억이 있다. 신문의 역할, 언론의 역할, 기자의 역할, 대중매체의 역할… 이런 활동들은 소위 사회적 책임 중에서도 아주 높은 위치에 속하며 사소한 내용이라도 결코 개인의 표현의 자유로 한정될 수 없다. 이런 채널은 많은 사람들이 먹이사슬처럼 얽혀 있다. 그래서 개인의 의견이든 사업주체의 의견이든 그와 불가피하게 엮여 있는 현대의 소통구조가 이를 증량하거나 증폭하여 다시 사람들에게 전달할 수밖에 없는 시스템이기 때문이다.

모 기자의 말에 따르면 외국인 한 사람이 한국에서 체류하면서 하루 소비해야 하는 비용이 가히 일본 도쿄를 제외하고는 세계 최고 수준이라고 한다. 그래서 한국의 경제구조가 문제라고 하는 지적이다.

예를 들어 숙박비로 호텔 비용 약 200,000원, 식사 세 끼 45,000원, 택시 교통비 40,000원, 커피 두 잔 10,000원 등 약 30만 원이 하루 최소 소요비용이란다. 이는 아주 편협하고 사대주의적이며 극단적이고 지나치게 냉소적인 표현에 불과함을 지적한다.

필자는 지난 34년간 항공사에 근무하면서 세계 곳곳을 돌아다니며 지냈다. 휴가 때는 취항지가 아닌 북유럽과 동유럽 국가들까지 둘러볼 수 있는 기회가 많았다. 지금까지 필자가 다녀본 국가들과 비교할 때 대한민국처럼 안전하고 깨끗하며 다양한 소비의 선택이 주어지고, 다양한 음식이 마련되어 언제 어디서나 누구나 선택하여 소비를 결정할 수 있는 나라를 본 적이 없다. 강남이나 명동 또는 자신의 지위나 경제적 능력에 맞는 고급스러운 선택을 할 수 있고 설령 경제적 지위가 낮은 정도의 서민은 또 다른 유사한 선택으로 저렴하게 쇼핑하거나 먹거나 입을 수 있고, 잠자리를 구할 수도 있다.

예를 들어 최대한 아껴 쓰고자 하는 외국인이 정보만 제대로 얻을 수 있다면 하루 숙박비 찜질방 8,000원, 식사 세 끼 20,000원, 자판기 커피 두 잔 1,000원(또는 식사 후 무료), 대중교통 4,000원이면 웬만한 이동은 가능하고 허기 없이 반찬을 추가해 가며 식사할 수 있다. 추위에 떨지 않고 따스하게 또는 시원하고 깨끗하게 하룻밤을 보낼 수 있는 찜질방과 전 세계 어디에도 없는 반찬 무료 추가, 물 무료 제공, 커피 무료, 지하철 환승 무료 등 나름대로 풍족한 하루를 보내는 데 부족함이 없다. 결국 하루 3만 원 정도의 비용으로 하루를 전혀 불편함 없이 지낼 수 있는 나라가 바로 이 나라 대한민국이다. 필자는 모 기자가 비뚤어졌다거나 언론이 왜곡되고 있다는 사실을 지적하고자 하는 의도가 아니다. 그 나름대로의 의견이 있을 수 있겠지만 부정적인 면보다 긍정적인 면이 많은 대한민국을 이야기하고자 하는 것이다.

일부 언론관에는 강력하게 반론을 제기하고 싶은 부분도 있다. 가령 우리나라의 언론은 외국인들을 너무나 배려하는 탓인지 다소 사대주의적인 시각이 배어 있다는 느낌을 지울 수 없는 일들이 있다. 매년 개최되는 지역축제나 대규모 행사 등에는 외국인들의 모습이 자주 보인다. 보령에서 매년 여름 진행되는 '머드 축제'를 예로 들어본다. 지난 몇 년간 여름 머드 축제가 개최되는 기간에는 마치 모든 일간지나 방송들이 약속이나 한 듯 외국인의 모습 비추기에 관심이 모아져 있었다. 수년 전 우연히 머드 축제를 알리는 기사에 외국인들의 사진이 있는 것을 보고 그곳에 가 본 필자로서는 외국인들을 그리 흔하게 볼 기회가 없었다. 여타 신문들도 뒤져 보았으나 외국인 사진 일색이다. 신문기자들의 관행인지는 몰라도 주요 일간지마다 사진이 중복되는 현상은 그때뿐 아니라 종종 목격하게 되는 이상한 현상이다.

그 해에도 그랬고 그다음 해에도 혹시나 하는 마음에 축제가 알려질 무렵 신문들을 뒤져 보았으나 한결같이 외국인 사진 일색이다. 축제의 현장에는 일부 주한 주둔 미국 군인들 또는 군속들과 지역 영어학원 등에서 활동하는 원어민 강사들이 삼삼오오 모여서 축제를 즐기는 모습이었다. 세계인의 축제라면 다양한 국적의 다양한 인종이 모여야 하고 다양한 사람들을 취재해야 하는데 유독 미국인에 집중된 사진이나 인터뷰는 필자의 미간을 심히 불쾌하게 만든다.

한국 방문 외국인 천만 명 시대에 방문객의 구성은 주로 일본인과 중국인 중심이지만 국제적 행사에는 쇼핑 관련이 아니라면 주로 미국인 중심으로 인터뷰하는 현상을 종종 목격하게 된다. 언론은 여론을 주도하는 역할을 해서는 안 된다. 필요한 이슈에 왜곡이 발생할 수 있으므로 언론은 대중에게 이슈를 전달하고 대중은 판단하며 판단의 결과를 객관적이고 목적에 부합하는 방법으로 정리하여 또다시 대중에게 되돌려주는 게 언론의 역할이다. 필자가 마치 현인이나 되는 양 주제넘은 글을 쓰고 있는지 모르겠지만 적어도 위에 언급한 내용에 한해서는 필자의 의견이 전적으로 옳았다는 확신을 가지고 있다.

44

인기 스포츠에서 배우면서
펼쳐갈 태권도의 미래

현대의 모든 스포츠 중에서 가장 인기 있는 종목은 아마 축구일 것이다. 나라마다 호불호가 나뉠 수는 있겠지만 전 세계 가장 많은 팬을 보유한 종목은 바로 축구라는 데 이견이 없을 듯하다. 물론 미주는 미식축구, 인도 크리켓, 호주 럭비, 캐나다 하키, 중국 탁구 등 나라별로 다양한 취향이 있다. 특히 동남아 국가들은 축구에 특별히 뛰어난 실적이나 선수가 별로 없긴 하지만 태국, 베트남, 인도네시아 등의 국가를 여행하다 보면 음식점이나 카페 곳곳에 유러피안 리그 축구경기를 틀어놓고 즐기는 모습을 종종 본다. 혹여나 월드컵 경기라도 있는 때에는 골이 들어가는 순간 여기저기서 환호성이 터지기도 한다.

필자는 박항서 감독의 베트남 감독 시절 — 불과 몇 년 전 — 베트남 시내를 돌아다닐 기회가 있었다. 사상 최초로 아시안컵에 결승 진출했던 그 순간 시내는 마치 전승 기념 축제라도 하듯이 남녀노소를 불문하고 온통 거리로 쏟아져 나와 흥분하며 순간의 기쁨을 즐기는 모습이 생생하다. 칠순이 넘은 나이에 거리에 쪼그리고 앉아 고구마를 팔던 노파조차도 손바닥을 연신 마주치며 좋아하던 모습은 의아하기까지 한 기억들이었다. 공교롭게도 박항서 감독과 같은 호텔에 머물며 아침 식사 시간에 인사와 더불어 기념사진을 찍었다. 그때 곧 외부 일정으로 나가는 모습에 호텔 밖에서는 얼굴을 보거나 사인을 받거나 격려하기 위한 인파들로 가득해 차량이 나가기도 어려웠던 장면이 기억난다.

그러면 왜 축구일까? 많은 스포츠 경기 중 가장 오랜 순간 즐길 수 있고 가장 많은 반칙이 나오는 경기가 바로 축구가 아닐까 생각한다. 공을 몰고 달리는 선수 곁에는 늘 이를 방해하려는 선수가 등장하고, 넘어뜨리려 하거나 몸을 밀거나 옷을 잡아당기거나 가로막는 반칙 행위가 연속으로 이어진다.

그러나 대부분의 반칙은 일상화된 개념으로 여겨 넘어간다. 코너에서 골대 앞으로 볼을 차는 순간은 너무 많은 순간 반칙들이 혼재되어 이를 일일이 따지다가는 경기가 중단되고 말 것이다. 이런 이유로 관중은 흥분하게 되고 이런 불확실성과 모순 때문에 축구는 사랑받게 되는 것이다. 관중이 사랑하는 것은 이런 경기를 통해 자신의 스트레스를 날려버리고 마음껏 소리 질러 흥분하며, 눌려 있던 케케묵은 나쁜 감정들을 정화하는 것이다.

야구의 경우도 마찬가지다. 각 지역 경기가 열릴 때마다 경기장은 거의 만원인데 심지어 경기 내내 응원을 보거나 소리 지르다 보니 막상 경기는 거의 관심도 없고 점수에만 열광한다. 또는 경기 내내 무언가 마시고 먹느라 시간과 망중한을 즐기는 모습은 너무 흔한 일상이다. 축구에서 만약 주심과 선심이 반칙이 있을 때마다 비디오 판독을 돌려보기 위하여 경기를 중단하고 시시비비를 가린다면 아마도 프리미엄 리그 경기나 아시안컵 또는 월드컵조차 경기장은 텅텅 비어 이익을 거둘 수 없을 것이다. 스포츠의 하이라이트는 의외성이다. 모든 경기 중에서 가장 정확한 기록을 위하여 판독하고 오류를 찾아내려는 경기일수록 인기는 반비례한다.

태권도는 크게 겨루기와 품새로 나뉜다. 실제로 태권도를 수련한 기간이나 고단자들 또는 전체 참여 인원은 품새가 훨씬 더 많다. 그러나 대중은 전문적인 품새보다는 겨루기 태권도를 선호한다. 겨루기의 경우 수년 전부터 우리나라의 국가 스포츠인 태권도의 호구제가 도입됐다. 공정성을 위해 전자호구를 착용하며, 타격의 강약을 무시하고 스치기만 해도 점수가 가산되는 전자 채점 방식을 도입하였다. 그러나 태권도 시합은 눈 찔림이나 때로 아랫도리를 걸어차기도 하는 UFC에 비해 그 인기도는 비교조차 불가능하다.

스포츠는 학문이 아니다. 진실을 가려내는 것보다는 관객의 요구에 맞추어 즐길 수 있는 시간이 되도록 고려해야 한다. 친선 목적의 운동이 있고 상업적 목적의 운동이 있다. 글로벌 시장으로 뛰어들어 진정 스포츠를 통한 비즈니스 창출을 위해서는 이런 변수를 반드시 고려하여 사업 플랜을 짜야 할 것이다. FIFA는 세계에서 가장 성공한 스포츠 조직이며 그 수익은 베일에 싸여 있을 만큼 엄청난 규모다. 그런 FIFA가 매 순간 잘못된 반칙이 있더라도 묵시적으로 인정하고 운영해 나가는 것은 기가 막힌 사업전략이다.

축구는 실질적으로 참가에 관심 없는 여성 팬들도 가장 많이 확보

하고 있는 스포츠이다. 히딩크 감독 시절 월드컵 4강이 확정됐을 때 시청 앞에 모인 수십만 명 축구팬들의 반이 여성 팬들이었다. K리그가 무엇인지도 모르고, 돈을 내고 축구 경기를 본 적이 없는 경우가 대부분이었다. 그런데도 남자들보다 더 격렬하게 목청을 높여 응원한 이유는 무엇이었을까? 여성은 본능적으로 감정의 폭이 넓다. 시청 앞에 모인 여성 팬들이 원하는 것은 축구 경기의 규칙이나 승패 여부보다는 동조하며 순간순간 뜨거워졌다 식는 과정을 반복하는 공격과 수비의 뫼비우스 띠 속에서 감정을 불태우는 순간을 즐기고자 하는 것이다. 그냥 그 뜨거워진 감정의 열기 속에서 머물고 싶은 것이다.

우리의 태권도 겨루기 시합도 국제적으로 발전한 성공모델이 되기 위해선 운영 방법의 혁신이 필요하다. 태권도는 남한의 WTF(World

| 제1회 아시아 청소년 품새 대회 한국 팀 단체전

Taekwondo Federation)와 북한의 ITF(International Taekwondo Federation)로 대별되는데 경기 방식에는 다소 차이가 있다. 남한은 얼굴 가격이 금지되고 손을 쓰는 정권은 가슴 부위에 한정된다. 반면 북한의 태권도는 얼굴 가격이 허용되며 좀 더 거친 경기 스타일로 운영된다. 또한 남한은 전자호구로, 북한은 전적으로 심판의 판정으로 승부를 가른다. 태권도의 보급은 정확한 채점으로 스포츠 정신의 전파에 주력해야 하나 글로벌 비즈니스로 성장키 위해선 신비주의 같은 의외성이 숨겨져 보는 사람들이 흥분할 수 있는 형태가 되어야 할 것이다. 마우스피스를 물고 얼굴을 가격할 수 있는 경기가 되어야 격투로서의 꽃을 피울 수 있다. 결론적으로 태권도는 품새 위주의 교육 전파 사업과 겨루기의 상업적 성장 사업으로 구분하여 이원화시켜 성장하여야 진정 최고의 스포츠 경기로 자리매김할 수 있을 것이다.

명필은 붓을
탓하지 않는다

능서불택필(能書不擇筆). '명필은 붓을 탓하지 않는다'라는 말이다. 우리는 각자 고유한 능력을 타고났다. 모든 사람은 저마다의 색깔이 있고, 능력이 다르며, 비교할 수 없는 자신만의 강약점이 있다. 그런데 사회현상에서 단편적이고 획일적인 기준으로 보면 능력은 확연하게 구별된다. 그런 구분은 인위적인 동시대의 힘을 가진 자들에 의한 기준으로 신의 영역에서의 구분이 아니다. 금권정치(Plutocracy)의 현시대에서는 금권의 힘이 가장 가치 있는 것으로 인식되기 때문에 부의 축적이 최고의 판단 덕목으로 부의 정도는 인격의 정도로 연결된다. 선진국일수록 기술과 이를 수반으로 하는 금권 창출 가능성 때문에 기술이 가장 대접받고 있다.

이 기술들은 과거 한때 단순한 노무직에 불과하던 시절도 있었다.

힘과 이를 바탕으로 노예를 많이 가진 자를 가장 경외시하던 중세시대를 거쳤고, 그 이전에는 생계를 직접 책임질 토지나 생산물에 의거한 곡식을 많이 생산하는 자가 최고로 인정받던 때도 있었다. 이러한 커다란 역사의 사이클은 현재 미국의 메이저 곡물상들이 국제시장에서 큰 영향력을 행사하면서 대순환의 증거가 되고 있다.

그러면 진정한 가치란 무엇인가? 현 시대적 가치인가, 불변의 가치인가? 개인의 만족으로서 철학적 가치인가? 우리가 진정 추구하고 행복을 영위할 수 있는 가치는 무엇이고 어떻게 달성할 수 있는가? 필자는 이런 물음에 대한 경험을 돌이켜 보기로 한다. 오늘날 필자의 인격이 형성되는 데 가장 중요한 모멘트 중 하나의 경험이 있었다. 필자는 오래전부터 아름다운 은빛 악기인 플루트를 연주하는데 상당한 애착을 가지고 살았다. 비록 능숙하지는 않지만 언젠가 멋진 연미복을 입고 많은 사람 앞에서 연주해 볼 수 있는 그날을 막연히 목표로 두고 시간 될 때마다 틈틈이 연습하곤 한다. 그래서 이 악기에 많은 관심과 애착이 강하다.

약 10년 전 필자가 독일 프랑크푸르트의 시내를 걷고 있었을 때의 일이다. 프랑크푸르트 시내의 중심 Am-main은 언제나 독일의 젊은 이들과 여행자, 심지어 노부부들에게까지도 인기 있는 번화가다. 갤러리아 백화점을 중심으로 명품 거리, 콘스타블러바체역까지 이어지는 쇼핑 상가들, 뢰머 광장까지 가는 고풍스러운 골목들, 칸트가 주말마다 기도를 드리던 교회 등 볼거리가 여기저기 산재하여 있고 다른 여타 도시들과 달리 차 없는 거리로 이어져 걷고, 쉬고, 먹고, 사진 찍는 데 이만한 도시는 드물다.

저녁이 될 즈음 신선한 바람으로 옷을 두르고 푸른 하늘을 모자로 삼고 산책을 즐기는 도중 어디선가 들려오는 천상의 소리 같은 아름다운 소리를 듣게 되었다. 동화책에 쥐를 몰고 가는 피리 소년처럼 홀리듯 그 소리를 따라 뢰머 광장으로 연결되는 작은 골목을 따라 걸었다. 작은 모퉁이를 돌아설 무렵 아주 보잘것없고 초라하게 심지어는 남루할 정도의 옷을 입고 쓸쓸히 연주하는 작은 유럽인을 보았다. 연주자의 발치에는 너덜너덜한 모자 하나가 놓여 있었고 몇 푼이나 되는 동전을 기다리는 양 동정의 빛깔로 입을 벌린 듯 보였다. 연주자는 이마와 콧등에 땀이 송송 맺힌 채 열심히 눈을 감았다 뜨기를 반복하며 귀에 익은 곡을 연주하고 있었다. 많은 사람이 옆을 지나쳐 가지만 정작 그 음악을 감상하는 사람은 필자를 비롯해 한두 명에 불과했다. 묘한 표정과 웃음으로 인정하는 듯한 표정을 지으면서도 정작 그들의 발길을 멈추기에는 부족한 것도 같았지만 필자는 같은 플루트를 연주하는 사람으로서 남다른 애착을 가져서인지 깊이 있게 들었고 심취하기까지 했다.

그런데 한 곡이 끝날 때면 어김없이 바닥에서 무언가를 주워 플루트 키의 중간에 살짝 끼워 넣는 모습이 눈에 들어왔다. 몇 곡을 유심히 집중해서 들었지만 여전히 연주자는 같은 행동을 반복하였다. 마침내 몇 곡이 끝나고 숨을 고르며 물을 마시던 연주자에게 한걸음 앞으로 나가 말을 건넸다. 연주자는 동유럽이 해체되고 나서 떠돌며 생계를 유지하고 있는 동구 유럽인이었다. 아마 내 기억으로 벨라루스라는 동유럽에서 가장 최빈국 중 하나인 나라다. 필자가 무엇을 그렇게 자꾸 주워서 끼우는지 물었더니 플루트가 고장 나 키패드 대신 종이를 끼워 넣었는데 연주하다가 자꾸 떨어진다고 했다.

플루트는 1옥타브가 전부다. 1옥타브에 호흡조절과 키 선택으로 4옥타브까지 가능한 악기다. 도~시까지 7개에 불과한, 아니 반음인 5개를 합하여 12개의 키 중에서 한 개가 고장 난다면 그 어떤 곡도 제대로 연주할 수 있는 음악은 없다. 반음이 하나도 없는 다장조나 가능할 것이지만 그 키가 온음이 아닌 반음과 관련한 키여야만 한다. 유명한 영화음악이나 클래식 곡을 연주하면서 키가 고장 났다는 것은 연주를 포기해야 하거나 아니면 음악을 전혀 모르는 무지한 사람들 앞에서 그들을 속이는 수밖에 방법이 없다. 그러나 필자는 이런 음의 누락을 전혀 알아차릴 수 없었다. 아마도 필자의 부족이겠지만 익히 들었던 곡의 이상 여부를 궁금해하지 않았을 만큼 완벽하게 처리된 것 같았다. 연주자는 한 음의 소리를 낼 수 없으니 대체 키라는 테크닉으로 다른 키를 눌러 부족한 소리를 채웠을 것 같았다. 그러나 익숙한 키의 방향에서 손을 다르게 움직인다는 것은 보통의 실력이 아니면 어림도 없는 소리다. 아, 능서불택필! 이런 열악한 악기로 그런 천상의 소리를 낼 수 있다니…. 비슷한 장소에서 다른 시간에 아름다운 연주를 하던 플루트 연주자도 있었다. 아름다운 소리에 나중에 악기가 명품인지, 얼마 정도의 가격에 살 수 있는지를 물었는데 놀랍게도 흔히 초보 연습생들이 주로 이용하는 Y 제품으로 가장 저렴한(50만 원 미만) 가격에 구입 가능한 악기였다.

능서불택필! 그보다 훨씬 좋은 악기를 가지고 있으면서도 늘 악기에 문제가 있어서 최고의 소리를 낼 수 없다고 투덜대던 내 자신을 심하게 흔들어댔다. 그보다 훨씬 이전의 일이다. 역시 음악의 나라이며 많은 음악인들을 배출해 낸 독일 여행 중 있었던 일이다. 아름다운 전제군주의 성이 역사적인 유물로 남아있는 뷔르츠부르크를 갔을 때이다. 동료들과 한가로이 거리를 거닐며 낯선 거리의 모습에 취해 슬로

우 워킹을 하고 있을 때 골목을 돌아 메아리치며 높은 고음영역이 애간장을 타게 하는 아름다운 악기음이 들려왔다. 목관이든 금관이든 관악기가 분명한데 도무지 알 수 없었다. 플루트라고 하기에는 음이 너무 들뜬 느낌이었고, 피콜로라고 하기에는 음이 너무 무거웠다.

귀를 쫑긋 세워 내비게이션 삼아 골목을 돌아가니 아니 세상에 이럴 수가 있단 말인가? 필자는 눈과 귀를 의심하지 않을 수 없었다. 필자뿐 아니라 그 자리에 같이 있었던 동료 직원들도 이 어이없는 광경에 입을 다물 수 없었다. 모퉁이 옆 작은 의자 하나에 겨우 엉덩이만 걸쳐 앉아서 플라스틱으로 만든 리코더를 연주하는 것이 아닌가? 너무나 맑고 깨끗한 연주를 듣고 연주자에게 물었다. 그런 리코더는 특별한 연주용이 따로 있는가? 가격은 얼마이고 어디서 구입할 수 있는가? 천공된 키는 일반 리코더와 다른가? 그런데 연주가는 이제 퇴근해서 집으로 가려던 참이라고 했다. 그러면서 오늘은 이제 필요 없으니 원하면 자신의 리코더를 팔 수도 있다는 것이다. 내심 긴장과 흥분에 얼마쯤이면 되는지 물었더니 2유로(3,000원)를 달라고 했다. 200유로 혹은 2,000유로가 아닌가 의심스러웠다. 그는 집 근처에서 다시 1유로(1,500원)에 살 수 있다고 한다. 순간 내 자신이 얼마나 작아지고 초라해 보였는지 지금도 소름이 돋을 지경이다.

능서불택필! 그렇다. 그토록 루저들이 외치는 열악한 환경과 미비한 조건은 모두 변명이었다. 어디에선가 어느 누군가 자신의 의지와 꾸준한 반복의 고통을 인내하며 목표한 대로 또는 목표가 없어도 묵묵히 자신에 충실하며 노력하고 싸워가고 있는 사람들이 있다. 그들이 위너다. 그들은 결코 자신의 의지와 땀 이외의 어떤 것들도 원망치 않는다. 오로지 시간과 고통을 반납한 대가로 아름다운 결과를 만들어내는 것이다. 사업에 크게 실패한 사람들에게 묻는다. "당신의 사업이 왜 실패했다고 생각하십니까?" 대다수의 사람들은 운이 없었다, 도와주는 사람이 없었다, 물려받은 재산이나 결정적 순간에 도움이 모자랐다 등을 이유로 들 것이다. 하지만 이런 이유는 수도 없이 말할 수 있다. 마치 골프를 치면서 그날 경기가 안 풀리는 100가지 이유와 같이 흔히 듣는 얘기들이다.

그들의 논리라면 성공한 사람들은 운이 좋았고, 많은 사람들이 그의 성공을 도왔으며, 선친으로부터 풍족한 유산을 물려받았거나 인자한 지인들이 주변에 많아서 언제든 고충을 대신 짊어지며 도움을 주었기에 가능했을 것이란 얘기다. 성공한 사람들에게 묻는다. "당신의 성공은 운이 좋았거나 도움을 많이 받았기 때문입니까?" 그들의 대답은 냉정하다. 이 자리에 오기까지 얼마나 많은 시련과 실패와 노력이 있었는지, 거듭되는 실패에 몇 번을 죽을 각오를 했고 끊임없이 노력했으며, 매일같이 자신과의 싸움에서 지지 않았다고 말할 것이다.

"매일 아침 일어나 몸이 아프지 않으면 나 자신이 너무 미웠다. 어제 열심히 연습하지 않았기 때문에 오늘 거뜬히 일어날 수 있었기 때문이다." 발레리나 박수진 씨는 방송을 통해 이렇게 말했다. 또 뉴욕 필하모닉의 수석 지휘자인 레너드 번스타인은 이렇게 말했다. "내가 하루를 연습하지 않으면 내가 알고, 이틀을 연습하지 않으면 아내가 알며, 사흘을 연습하지 않으면 모든 청중이 알게 된다." 세계 최고의 연주자임에도 불구하고 하루도 거르지 않는 그의 생활상이 오버랩된다. 유럽의 유명한 노년의 피아니스트가 훌륭한 연주를 마치고 무대에서 내려올 때였다. 한 기자가 그에게 다가가 "오늘 연주는 정말 환상적이고 성공적이었습니다. 평소 연주가 없는 날엔 어떻게 지내십니까?" 하고 물었다. 노년의 연주자는 그를 물끄러미 바라보며 자연스럽게 대답했다. "연주가 없는 날은 연습하면서 지냅니다." 기자는 더 이상 아무것도 물을 수 없었다.

우리 누구도 절대 신이 내려준 재능은 없으며 그저 자신과의 싸움에서 묵묵히 고통을 감내하며 피나는 연습에 연습을 거듭할 뿐이다. 그러니 지금 자신이 하는 어떤 일도 남들보다 부족하지 않고 앞서고 싶다면 지금 당장 나와의 처절한 싸움을 시작해야 할 것이다. 매일 같은 시간, 같은 환경에서 같은 고통이 있을지라도 매 순간을 이겨내다 보면 1만 시간의 법칙처럼 언젠가 자신도 모르게 멀리 와 있고 커버린 내가 그 자리에 서 있음을 깨닫게 되는 날이 있을 것이다.

46

반려동물과
함께 사는 지혜

　우리나라는 반려견, 반려묘와의 동반 주거가 갈수록 늘어나고 있는 듯하다. 일부 해외 매체에서 보신탕 등 일부의 문화가 구설에 오르기도 하지만 동의하기 어렵다는 사실은 전 국민이 공감한다. K-컬처에 익숙한 해외 네티즌조차도 인정하지 않는 추세다. 동물을 사랑한다는 것은 선진국의 시민이 되어가고 있다는 의미다. 사랑하는 애견을 데리고 가벼운 나들이를 하는 모습은 너무 자연스럽고 아름다운 모습이다. 보호자와 함께 거리를 걷는 애견들은 앙증맞은 신발을 신고 있기도 하고, 예쁜 옷을 입고 있기도 하며, 바지를 입은 견공도 보인다. 캐리어에 앉아 호강한다는 느낌마저 들 정도로 보살핌을 잘 받고 있음이 느껴진다.

　필자 역시 자녀의 어린 시절, 열대어를 키우고 싶다고 하여 수족관에 정성들여 키우기도 하고, 잉꼬를 키워보고 싶다고 하여 수년간 새를 길러보기도 하였다. 집안에 다른 생명이 함께 한다는 것은 낭만적인 분위기를 만들어 준다. 그러나 동물을 키운다는 것은 결코 쉬운 일이 아니라는 걸 키우면서 절실히 느끼게 된다. 이 역시 생명인지라 물건의 개념이 아닌 식구의 개념처럼 여기다 보니 정작 가족의 생활에 많은 불편이 따른다는 것을 깨달았다. 가족여행을 가야 하는데 텅 빈 집 안에 며칠이나 혼자 방치해 두어야 하는 열대어 때문에 여행을 포기하기도 하고, 일정을 조절하기도 하였다. 한꺼번에 너무 많은 먹이를 주면 스스로 통제가 안 되는 물고기들이 한꺼번에 먹어 치워 생존까지 위태롭다고 한다. 또 애써 낳은 어린 치어들을 먹어 버리기도 하는 걸 보면서 꼭 정서상에 도움만 되는 것이 아니라는 것도 알았다.

잉꼬 역시 마찬가지다. 수년간 새장에 가두어 두고 알을 낳아 번식할 것으로 생각했지만 알을 낳아도 새끼로 부화되는 것은 아니었다. 열대어는 키우다 바다에 놔줄까 하는 생각도 해 보았지만 보나 마나 집안의 맑은 물에 사는 치어들이 서해의 탁한 바다에 나가자마자 바로 잡아 먹힐 것 같았다. 그리고 잉꼬는 더운 여름날 날려 보내려고 집 안에서 시험해 보았지만 오랫동안 새장에 있던 환경에 날개 근육이 자리 잡지 못했는지 제대로 날아다니지 못하고 금방 주저앉는 모습에 방생을 포기했다.

결국 열대어나 잉꼬도 다 자연사 될 때까지 키우다가 근처 화단에 조촐히 묻어줄 수밖에 없었다. 중요한 것은 반려견과 반려묘이다. 원칙적으로 아파트에서 키우지 못하도록 안내되는 것으로 알고 있는데 단속하는 사람도 없고 이웃끼리 싫은 소리 하는 것도 쉽지 않아 다들 묵인하는 것 같다.

강아지는 강아지의 타고난 본능이 있고 환경이 있다. 유럽 사람들이 개인 주택에 살면서 푸른 잔디 위에서 뛰고 달리며 함께하는 생은 너무 자연스럽고 아름답다. 주인이 던진 고무공을 쏜살같이 달려가 물고 돌아오는 견공들은 칭찬과 더불어 맛있는 간식을 부여받기도 한다. 탁 트인 허공에 맘껏 짖어대는 견공들은 나름대로의 스트레스를 푸른 하늘에 날려버린다.

그런데 아파트형 주거가 대부분인 우리나라는 어떠한가. 집 안에서 키우는 소형견들이 대부분이고 이웃 간의 불화나 폐를 끼치지 않기 위하여 성대제거술로 짖지 못하도록 한다고 한다. 이 얼마나 잔인한 행동인가! 또 거실의 소파나 옷가지들이 망가지는 걸 방지하기 위하여 뾰족한 발톱을 깎아주기도 한다. 개를 포함한 털이 있는 동물들은 천성적으로 몸 안에 기생하는 진드기나 벼룩 등 기생충이 생기기 마련이다. 자주 목욕을 시키더라도 몸에 있는 벌레 때문에 간지러움을 느끼고, 뾰족한 발톱을 사용하여 몸을 긁는다. 그런데 발톱을 깎아버려 간지러움을 달고 살아야 하지 않나 하는 측은지심이 든다.

또 털갈이는 여름과 겨울의 환경에 적응하기 위해 수천 년간 변화된 DNA에 의해서 진화된 것이다. 주인의 일방적인 강요나 행위에 의해 원치 않는 옷을 입음으로써 과도한 더위를 느낄 수 있을 텐데, 동물에게 강제적으로 옷을 입히는 것은 학대라는 생각마저 든다. 뿐만아니라 견공들은 천성에 따라 성장하며 자연스레 짝짓기를 해야 하고 본능이 작용할 텐데 불임수술을 당하거나 원치 않는 상대와의 교미 등으로 자유를 제한받고 있다.

인간이나 동물은 같은 생명이라고 하면서 경우에 따라 인간은 동물과 다르니 제한해도 좋다는 논리는 지나치게 인간 편의주의적인 발상이다. 아파트 대부분이 미끄러운 타일이나 플라스틱 종류로 깔려 있어 이 미끄러운 바닥을 발톱이 달린 동물들이 걸어다니게 두는 것은 마치 인간에게 미끄러운 신발을 신겨 얼음판 위에서 평생 살도록 하는 것과 무엇이 다른가. 필자는 이런 모습을 인지하지 못한 학대 행위라고 생각한다. 물론 의도가 없었고 지나친 상상과 비약일지도 모르지만 분명 개라는 동물은 그들만의 속성이 있어 인간과의 공존은 자연에서만 가능하다. 인위적으로 인간의 편리를 위해 만들어진 주택 내의 환경은 견공들에게 끔찍한 감옥과 같은 곳이라고 생각한다.

개는 달려야 하고, 자신의 영역을 확인해야 하며, 때로 다른 개들의 배변 냄새를 맡거나 먹기도 하면서 위장의 바이러스를 교환하는 것으로 알고 있다. 그들이 땅을 파는 것도 이유가 있고 짖는 것도 이유가 있으며 다른 개들과 함께 짖는 것도 이유가 있을 것이다. 사람은 흔히 먹는 즐거움이 누릴 수 있는 생의 기쁨 중 반이라고도 한다. 단지 허기를 채우는 것이 아니라 골라 먹는 재미와 아침저녁으로 다르게 먹는 즐거움은 하루 중 느낄 수 있는 큰 기쁨 중 하나다. 견공을 키우는 분들은 이런 생각들도 해 보았을까 의문이다. 매일 같은 사료를 먹고 인간과 개는 식성이 다름에도 불구하고 인스턴트식품을 강요해서 먹이고 있지는 않은가.

어린 시절 강아지를 키울 때 어머니가 늘 시장에서 생선 머리 등을 남기거나 얻어서 끓여 주시던 기억이 생생하다. 때로는 고깃덩어리 중 먹지 않는 부위나 남는 살코기를 주기도 했다. 그들도 먹는 즐거움이 있었을 것이다. 견공의 소중한 생명을 돌봐야 한다는 주장도 있을 수 있겠고, 유기견을 돌보는 것은 참으로 아름다운 선택이지만 내가 원하는 종류의 개를 선택하여 사 오는 것은 누군가 또 다른 인위적인 상업적 생산을 하도록 동조한다는 점에서 책임을 비껴가기 어렵다.

 필자의 친한 친우 중 오래도록 강아지를 키워 온 친구가 있다. 10년이 훌쩍 넘도록 애지중지 자식처럼 키워왔다. 그러나 수명이 인간과 달라서 벌써 수명 연한이 지나 시력도 거의 잃어서 앞을 보는 것조차 힘들고 활동노 제한되고, 걷기도 힘들어하며, 겨우 주는 먹이 정도나 먹으며 생명을 연장해 가고 있다. 인간으로서는 90세 정도의 수명에 건강 상태도 극히 열악하다. 외부 생활이 많은 친구는 외출 시 종종 바구니에 담아 함께한다. 참으로 안타까운 모습이다. 자신의 생활도 불편하고 대인관계 역시 상당한 제약을 받는다. 반려견과 반려묘를 키우는 동물애호가들에게 필자가 인지하지 못했던 여러 쓴소리를 들을 수 있겠으나 변치 않을 진리 하나는 모든 동물은 저마다의 환경과 저마다의 자유를 누릴 권리가 있다는 것이 필자의 소견이다. 이미 벌어진 많은 현실에 결론이나 결심을 요구할 수는 없겠지만 동물들의 속성을 조금이라도 이해하고 그들에게도 자유가 주어져야 한다는 사실을 절대 잊지 말고 동반해 주시기를 간절히 바라본다.

47

현명한 주식투자의 요령

투기와 투자! 현대 자본주의 국가에서 살아가면서 피할 수 없는 선택들이다. 투기와 투자의 차이는 '리스크가 있는가'와 '기회비용 대비 더 많은 이익을 볼 수 있는가'에 달려있다. 투자는 투입된 금액에 따른 수익이 특별한 사정이 없는 한 보장되어 있고, 투기는 투자보다 훨씬 큰 수익이 예상되지만 변수가 있어 손해가 날 수 있는 개연성이 있다.

모든 수익의 법칙에서 불변의 진리 하나는 위험할수록 더 많은 수익이 보장된다는 것이다. 투자의 수단 중 가장 손쉽고 안전하며 간단한 것은 은행 예금이다. 불과 20세기 말까지만 해도 저축은 재산의 증식과 노후 부담을 줄이기 위한 최적의 지혜였다. 그러나 자본주의 국가들 대부분의 물가는 끊임없이 상승했다. 국가 간 자본이동이 자유로워지면서 자연스럽게 수요와 공급의 법칙이 작동하여 완급을 조절하면서 물가가 올라간다. 재산을 증식하고자 하는 욕구는 모든 이에게 동일하며 대표적인 수단은 저축, 주식투자, 부동산 투자이다.

저축은 이미 명목금리는 말할 것도 없고 실질금리도 물가상승률을 이기지 못한 채 2022년 양적완화에서 양적긴축으로 전환되면서 급격히 상승하고 있다. 심지어 미국의 양적완화로 시작된 통화전쟁 이후 유럽과 일본은 천문학적인 돈을 풀면서 시장을 지지하려 애쓰는 가운데 사상 초유의 마이너스 금리까지 내려가다가 우크라이나 사태 이후 급반전의 상태로 상승하고 있는 상태다.

우리나라 역시 기준금리가 1.5%를 오락가락하다가 2022년 들어 미국과의 역전 금리까지 허용하는 단계로 급상승 중이다. 물가상승률 4%대를 고려해도 저축한다는 것은 주식열풍이 불어 닥친 2021년 이후 소비의 속도를 늦춘다는 개념 외에 증식으로서의 의미는 이미 물 건너간 상태다. 부동산은 꾸준히 상승해 왔고, 세수를 늘리려는 정부의 욕심으로 공시지가를 꾸준히 올림으로써 상승하는 것처럼 느껴지나 실제로 팔아야 이익이 실현된다는 관점에서는 신기루 현상처럼 느껴진다. 부동산은 일정 규모 이상의 자금이 만들어져야 하고 수익이 오래 걸릴 수 있다는 점에서 부자들만의 투자기법으로 한정된다.

그렇다면 소위 개미라고 하는 개인투자자나 기관투자자, 외국인 투자자로 대별되는 주식시장에서 개인은 이익을 취할 수 있을까? 결론은 상당히 어려운 일이라고 먼저 선을 긋고 싶다. 물론 주변에는 주식으로 돈을 번 사람들의 소식이 왕왕 들리거나 목격된다. 그러나 별 하나가 반짝이기 위해서는 수많은 주변의 별들이 빛을 잃어 주어야 하는 것처럼 이익을 본 몇 사람을 제외하면 대부분 손실을 보고 있다.

그런 상황을 주변에 이야기해봐야 값싼 동정 외에 얻을 게 없으므로 대부분은 혼자서 삭이며 이런 사실을 감춘다. 자신 또는 주변의 확인되지 않거나 미확인 정보, 개념 없는 확신으로 투자를 결정하여 누구를 원망하거나 따져 볼 가치도 없다.

가끔 TV를 보면 소위 온라인의 대가라는 사람들이 나와서 그 주의 추천종목에 대해 열심히 떠들어댄다. 신문을 봐도 추천종목은 어김없이 눈에 띈다. 확신할 수 있다면 굳이 방송이나 신문에 그런 사실을 알리려 할까? 모든 사람이 알게 된다면 정보로서의 가치가 있을까? 왜 스스로 독점하여 이익을 보려 하지 않을까? 이론상 하루 일당이나 급여를 받는 사람들이 최소 1억여 원의 자금으로 하루 수백 또는 수천을 벌 수도 있다. 그러나 그들 중 그런 방법보다는 전문용어를 사용하며 사람들을 유혹해 주는 대신 수수료를 받는 방법이 더 가치 있다고 판단하는 사람들도 있는 것 같다.

필자 역시 주식투자를 20년 넘게 해 오면서 벌기도 하고 까먹기도 하면서 늘 고민한다. 삼성이 좋을까, 이름 없는 코스닥 종목이 좋을까? 삼성을 선택하려는 사람들은 이미 반영된 삼성의 가치를 따져보고 현재 투자 시점에는 시장의 법칙에 의해서 호재와 악재가 이미 반영된 주식가격을 인정하고 제로 베이스에서 시작해서 더 성장 가능한지를 따져 보아야 한다. 코스닥 폭등 종목을 선정하는 사람들은 대폭 이익을 볼 수 있지만 순식간에 사상누각으로 변할 수 있다는 리스크도 늘 염두에 두어야 한다.

주식거래의 삼대 분류인 외국인, 기관, 개인의 관계에서 외국인과 기관은 한 방향으로 패턴을 유지할 가능성이 크다. 그들은 개미들과 패턴을 달리한다. 이상한 것은 매도와 매수 주체를 보면 삼성, 현대,

LG 등 시가총액이 큰 주식들은 늘 외국인과 개인이 랠리처럼 주고받음을 느낄 수 있다. 이상하다. 좋은 호재가 있으면 같이 사야 하고 악재가 있으면 같이 팔아야 한다. 그런데 한쪽이 팔면 한쪽이 사게 되고 또 반대의 경우도 늘 발생한다. 아니면 사기 때문에 팔고 있는지도 모른다.

완전경쟁 시장에서 매도공급이 없는 상황에서 약간의 수요만 발생한다고 해도 끊임없이 올라야 하는 것이 가격의 원리다. 어떤 상황에서도 개인들이 사는 시점에 외국인 또는 기관은 팔아 치우기 바쁘다. 그렇게 판다 해도 자본의 공유나 정보의 공유가 불가능한 소위 정보 비대칭이 존재하는 개인은 외국인이나 기관이 꾸준히 사기 시작하면 지켜보고 팔기 시작하면 덩달아 내다 파는 성향이 짙다. 그래서 의도적으로 가격을 조정해서 개미 무덤을 만든다고 생각한다. 여기에 인간의 탐욕이 개입되어 시장을 왜곡한다. 기관이 투자하는 대형 물량은 합법적 테두리 안에서 거래를 통해 정상적 거래를 하기도 하지만 비정상적 거래를 통해 노랑머리 또는 검은 머리 외국인에게 넘겨주는 거래도 있을 수 있다. 단지 비약처럼 보일지 모르지만 인간의 일이니 우리

가 상상하는 건 모두 이루어지는 것이 현실 아닐까?

귀신도 모르는 것이 주식시장이라 하지만 그들은 알 것이다. 그들이 누구인지 모른다. 그러나 그들은 존재한다. 그들은 언제나 웃는다... 개인 투자자들은 국가의 인정된 대형 투전판에서 거침없이 자신의 노동력에 대한 대가를 지불한다. 약간의 희망의 빛에 목말라 오아시스에서 물웅덩이에 모인 누우 떼처럼 갈증에 목말라 한다.

각종 매스컴이나 언론은 단순한 객관적인 사실을 보도하는데 이런 객관적인 사실이 개인의 주관을 만들고 잘못된 주관 때문에 손실을 보게 된다. 주식의 가치는 기업의 가치다. 그러나 그 가치 하나로 판단하기에는 너무나 큰 변수들이 기다리고 있다. 성장성, 고급정보, 외부 상황 변화, 국제 금융 흐름, 일부 탐욕 자본가의 의지, 선물시장의 웩더독(Wag the Dog) 현상 등 개인이 판단하기에는 너무나 많은 고려 요소들이 많다.

주식으로 돈을 번 개인은 한마디로 운 좋은 사람들이다. 그런데도 다소 위안 삼을 수 있는 것은 외국인이나 기관이나 개미투자자들을 영원히 없애 버리기를 원하는 사람들은 없다는 것이다. 개미를 살려두어야만 천천히, 아주 오랫동안 자신들의 수익을 창출할 수 있기 때문이다. 그래서 주식은 제자리를 찾아가는 속성이 있다는 것이다. 그 제자리를 찾아가는 주인의 구성이 어떻게 바뀌더라도 시장은 계속 존재한다. 이제는 주변의 주식투자를 하는 지인들로부터 따블이니 따따블이니 하는 어림없는 용어들이 제발 들리지 않기를 바란다.

은행의 수신금리가 2%를 오가는데 100%를 기대하는 따블이라는 용어를 쓰는 일확천금족의 투자 아닌 투기는 제발 사라졌으면 한다. 50년간의 은행 이자를 단 몇 달 만에 벌고자 한다면 처음부터 다시 공부하시라고 감히 말하고 싶다. 5% 정도만 떨어져도 손절매(Loss Cut)해버리는 외국인이나 기관처럼 리스크 관리를 하는 것은 주식투자의 검의 양날이다. 개인이 외국인과 기관에 비하여 현저히 부족한 정보력이나 자금력으로 골리앗을 이기는 방법은 가치투자이다. 이익을 내는 기업에 일희일비하지 말고 장기적으로 투자함으로써 배당이나 장기적 상승으로 인한 이익에 만족하는 것뿐이다. 헤지펀드와 같은 거대 자본 공룡은 오늘도 개미들의 주식시장으로 맹목적으로 들고나는 노잣돈을 노리고 있을 것이다.

지식재산권의 명암

우리가 동시대에 누리는 편리함과 이익은 과거 누군가의 열정과 노력이 있었기에 가능한 일이다. 대부분의 사람들은 소비자다. 정열을 가진 자나 남들보다 더욱 더 노력한 자들이 만들어낸 결실의 혜택을 누리고 있다. 이런 노력을 지식재산권이라고 하며 보호되어야 한다는 것은 너무 당연한 사회적 합의다. 그런데 일부 사람들의 이익을 보호하기 위한 장치 중 오히려 역효과를 가져오는 경우가 있다.

필자는 취미로 플루트를 오랫동안 연주하고 있다. 과거 몇 년 전까지만 해도 인터넷으로 원하는 악보를 손쉽게 구하여 연습하였다. 하지만 이제는 어디서도 원하는 악보를 구하기 어렵다. 악보를 구하여 검색을 수행하면 여지없이 유료사이트로 연결되어 결제를 기다린다. 일부 노력자들에 대한 응당 보상은 이해하지만 포털업체의 이익이 우선시되어 보상보다는 거간료가 더욱 커져 버렸다. 그로 인해 많은 사람이 음악과 더 가까워질 수 있었지만 포기하게 되었을 것이다. 그것은 최초 음악적 열정으로 작곡이나 작사를 한 순수 음악인들이 원하던 뮤즈피아는 아니었을 것으로 본다. 공짜에 익숙한 네티즌을 향한 경종은 낭연한 것이지만 과연 이것이 바람직한 것일까?

올해 필자 나이 60을 넘어섰다. 12월이 되기도 전에 거리는 온통 캐럴로 들뜬 분위기가 형성되고 어떤 선물을 주고, 받을지 두근두근 설레던 어린 시절이 있었고 젊은 시절도 보냈다. 그러나 지금은 어디서도 캐럴을 들을 수 없다. 백화점도 캐럴을 멈추고 조그만 가게조차도 캐럴을 틀지 않는다. 저작권 때문에 함부로 틀 수 없는 것이다. 캐럴이 없으니 분위기도 없고, 종업원들의 분장도 없으며, 장식도 하지 않는다. 결국 소수의 이익을 보장하기 위해 크리스마스 분위기를 저해하여 그들의 이익조차 적어졌을 것으로 생각된다.

반면 이를 역이용하는 집단도 있을 법하다. 중국이나 동남아 일부 국가들은 가는 곳마다 엄청나게 복제품이 유행한다. 우리나라 역시 명동 한복판에서 그 유명한 H, G, L, C 제품 등이 즐비하다. 가장 지식재산권에 민감할 업체들이 수수방관하는 유일한 영역이다. 왜 그럴까? 책 한 줄 노랫가락 한마디는 복제를 엄격하게 적용하여 벌금을 물리고 금지시키는데 왜 소위 명품이라 불리는 사치품들은 단속하지 않는 것인가?

명품은 품질이 우수하여 명품이 아니다. 많은 사람이 좋아하면 명품의 기본요건을 갖춘다. 본질로서는 유사 상품이 많을수록 명품으로 분류된다. 본사는 이런 점을 즐기는 듯하다. 어쩌면 그들의 섀도 마케팅 기법으로 생각된다. 어차피 원제품을 살 수 있는 사람들은 어느 나라나 극히 일부분에 한정된다. 그들의 구매를 유도하기 위해서는 일반 소시민들이 득템하여 마치 진짜인 양 우쭐해하며 지니고 있을 때 진짜를 구매하여 차별적 감정을 느끼고 싶은 것이다. 한마디로 돋보이고 싶은 욕망이 명품을 구입하는 시점인 것이다. 지식재산권의 두 얼굴이다.